Devoirs d'une princesse

LORRAINE HALL

Devoirs d'une princesse

Traduction française de
MARIE BACHÉ

AZUR

HARLEQUIN

Collection : Azur

Titre original :
PRINCESS BRIDE SWAP

HARPERCOLLINS FRANCE
83-85, boulevard Vincent-Auriol, 75646 PARIS CEDEX 13
Service Clients — https://www.harlequin.fr/contenu/contactez-nous
ISBN 978-2-2805-1729-4 — ISSN 0993-4448

Édité par HarperCollins France.
Composition et mise en pages Nord Compo.
Imprimé en mai 2025 par CPI Black Print (Barcelone)
en utilisant 100% d'électricité renouvelable.
Dépôt légal : juin 2025.

MIXTE
Papier issu de sources responsables
FSC® C159065

Pour limiter l'empreinte environnementale de ses livres, HarperCollins France s'engage à n'utiliser que du papier fabriqué à partir de bois provenant de forêts gérées durablement et de manière responsable.

1

La princesse Beaugonia Freja Caja Isabella Rendall était assise, coincée entre ses parents, à l'arrière d'une voiture élégante qui sillonnait les routes sinueuses de Divio, une petite principauté nichée dans les Alpes du Sud.

Son nouveau foyer.

Elle était nerveuse, mais aussi et surtout déterminée. Car chacun de ses pas, aussi difficile soit-il, avait pour but d'aider sa sœur jumelle.

Depuis leur naissance elle devait tout à Zia, et à présent c'était à son tour de lui rendre la pareille.

Épouser à la place de sa sœur un prince héritier qu'elle n'avait jamais rencontré n'était pas une mince affaire en matière de sacrifice, mais elle n'avait vu aucune autre possibilité. Zia était enceinte et amoureuse du père de ses enfants, qui l'aimait en retour, bien qu'aucun d'eux ne semble encore l'admettre.

Beaugonia n'était peut-être pas experte en amour, mais elle avait beaucoup lu à ce sujet et cela lui semblait évident.

On ne pouvait certainement pas s'attendre à ce que Zia épouse le prince héritier de Divio dans son état. Et il était peu probable que Lyon Traverso, de son côté, accepte de s'unir à une femme enceinte de jumeaux d'un autre homme.

Zia devait donc renoncer à son titre d'héritière de Lille.

Elle avait été choisie comme telle par leur père, malgré le fait que Beau soit plus âgée de trois minutes. Mais celle-ci n'avait jamais collé au cadre de « princesse idéale ».

C'était peut-être en partie pour cela qu'elle avait concocté ce plan. Non seulement cela libérait Zia de son devoir, mais surtout Beau forçait le roi, malgré lui, à la nommer héritière à la place de sa jumelle.

Car, dès qu'elle avait appris la grossesse surprise de sa sœur, Beau avait elle-même contacté le prince Lyon. Elle avait mis au point avec lui un accord, à l'insu de son père, de telle sorte que, lorsqu'elle avait annoncé au monarque son prochain mariage avec le prince héritier de Divio, il n'avait eu d'autre choix que d'accepter. Refuser de la nommer héritière et rompre l'accord qu'elle avait obtenu aurait créé un scandale qu'il ne se serait jamais autorisé.

Bien sûr, son père l'avait durement réprimandée. Elle ne doutait pas que s'ils avaient été au palais et non dans la propriété de Christhian, hors de portée de son pouvoir à Lille, le roi aurait fait bien plus que l'insulter.

Mais Beau ne voyait pas l'intérêt de se préoccuper de ce qui aurait pu arriver alors qu'elle avait déjà tant de soucis à gérer dans sa vie. Comme le fait d'épouser un homme qu'elle n'avait jamais vu et avec lequel elle n'avait eu que des échanges par téléphone ou par mail.

La limousine se fraya un chemin jusqu'à un château austère entouré de montagnes majestueuses. Le soleil se couchait à l'horizon, baignant le paysage d'une lumière magnifique, et Beau se dit que contempler ce paysage chaque jour depuis sa chambre serait déjà un soulagement.

Ses parents étaient restés silencieux durant le vol qui les avait amenés de chez Christhian à Divio et pas une parole ne fut échangée lors du trajet de l'aéroport au château.

Des domestiques les aidèrent à sortir de la voiture et les accompagnèrent jusqu'à l'entrée. Ce ne fut que lorsque les portes s'ouvrirent devant eux et qu'ils pénétrèrent dans un vaste hall orné d'arcades et de vitraux que son père daigna enfin s'adresser à Beau.

— Nous allons participer à cette mascarade, lança-t-il avec le ton glacial qu'il avait coutume d'employer lorsqu'il s'adressait à elle. Mais ne viens pas pleurer dans mes bras quand tu t'apercevras que ton plan est un désastre. Si tu me mets dans l'embarras, je t'anéantirai.

Beau faillit éclater de rire. Pleurer dans les bras de son père ? Voilà bien quelque chose qui n'arriverait jamais. Elle resta donc silencieuse et patienta dans le hall, ainsi qu'on le leur avait demandé.

Le prince apparut soudain dans la courbure du majestueux escalier en pierre. Beau n'avait jamais rencontré Lyon Traverso, mais elle le reconnut grâce aux photos qu'elle avait vues de lui. Une femme plus âgée le suivait. C'était sans doute sa mère, la comtesse.

Il était vraiment beau. Zia le lui avait précisé, mais le voir en chair et en os ne faisait que le confirmer. Il lui parut aussi très grand tandis qu'il descendait lentement les marches, vêtu d'un costume de créateur de couleur sombre. Ses cheveux noirs étaient impeccablement coiffés et chacun de ses gestes, précis et mesuré.

Beau eut soudain du mal à respirer. Depuis quand son corps réagissait-il ainsi à l'apparition d'un homme ? Bien sûr, une grande partie de son avenir serait déterminée par celui-ci. Le fait qu'elle soit incapable de bouger et cette effervescence, au creux de sa poitrine, étaient donc simplement liés à... de l'anxiété.

Le prince s'approcha d'eux. Il salua respectueusement le père et la mère de Beau avant de poser ses yeux sombres sur elle. Bien qu'elle soit généralement douée pour lire dans l'esprit des gens, elle fut incapable de déchiffrer son expression impassible.

En cet instant, elle se trouvait face à son destin. Un destin qu'elle avait créé de toutes pièces. Peut-être ne s'aimeraient-ils jamais, mais au moins ils s'entendraient. Car Beau et Lyon avaient négocié un accord bien établi.

Elle lui sourit, déterminée à jouer le rôle dans lequel elle n'avait jamais excellé. Celui d'une princesse accommodante.

— C'est un plaisir de vous rencontrer, Votre Altesse, déclara-t-elle en lui offrant sa meilleure révérence.

Il s'inclina en retour.

— Le plaisir est partagé. Permettez-moi de vous présenter ma mère, la comtesse Ludovica Traverso, ajouta le prince en désignant la femme qui se tenait derrière lui.

Cette dernière les salua avec une politesse glaciale. Beau la contempla en silence. Son expression à elle était facile à déchiffrer. La méfiance se lisait dans chacun des regards obliques qu'elle lançait aux nouveaux arrivants.

— Le mariage aura lieu ce soir dans la chapelle royale, annonça Lyon. Mon personnel est à votre service pour vous aider à vous préparer.

— Je ne saisis toujours pas les tenants et aboutissants de ce mariage surprise, fanfaronna le roi Rendall.

Le prince ne cilla pas. Beau ne sut exactement s'il s'était approché, mais il lui parut soudain immense et il regarda son père de très haut. Mon Dieu, elle aurait aimé être capable de faire cela...

— Le changement de mariée nous a placés dans une situation pour le moins délicate, déclara Lyon. Il me semblait que tout était pourtant clair.

Il énonça sa dernière phrase comme une question à laquelle personne n'oserait répondre.

Le père de Beau s'éclaircit la gorge. Sa mère détourna le regard. Quant à la comtesse, elle fixa la robe de Beau comme si elle envisageait d'en compter les plis.

— Très bien, reprit le prince. Nous nous retrouverons donc comme convenu tout à l'heure. Marco ? ajouta-t-il en s'adressant à l'un des domestiques.

Ce fut tout. Et c'est ainsi que se déroula la première rencontre de Beau avec l'homme qu'elle allait épouser dans quelques heures. Elle sentit un tremblement de panique naître au fond de son ventre, mais elle parvint à respirer calmement. Ils savaient tous deux dans quoi ils s'embarquaient et c'était tout ce qui comptait, n'est-ce pas ?

— Elle est jolie.

La mère du prince héritier Lyon Traverso lança cette information comme si c'était en soi une surprise.

— Et ? répondit celui-ci.

— Tu sais aussi bien que moi que les Rendall la gardent autant que possible à l'écart du monde. Je m'attendais à...

Sa mère s'interrompit, se rendant sans doute compte que ce qu'elle s'apprêtait à dire n'était pas approprié.

En vérité, Beaugonia était effectivement jolie. Pas tout à fait comme sa sœur. Dans ses souvenirs, la princesse Zia était plus grande, même si Lyon s'était moins préoccupé de son apparence que de la manière dont elle s'accordait avec ses objectifs. Beaugonia avait fait valoir qu'*elle* conviendrait à ces derniers, maintenant que Zia était... Eh bien, Lyon ne savait pas précisément de quoi il retournait, mais il avait eu vent de rumeurs. Et même s'il avait besoin d'héritiers, ceux-ci devaient être légitimes. Donc de lui.

Beaugonia semblait savoir quelle était sa place.

Mais Lyon devait admettre que la princesse *était* jolie. Plus douce et plus... réservée que sa sœur. C'est le seul mot qui lui venait à l'esprit. Mais cette réserve ne s'accordait pas avec l'intensité de ses yeux noisette. Pour être tout à fait honnête, lui-même avait été agréablement surpris par l'apparence de sa fiancée. Une jeune femme qui, il est vrai, avait été cachée toute sa vie par ses parents, au détriment de sa sœur.

— J'espère que tu sais ce que tu fais, reprit sa mère d'une voix anxieuse en faisant les cent pas dans la pièce.

Lyon comprenait sa crainte. Leur situation était précaire. Car son titre lui venait de sa mère et le royaume de Divio s'inquiétait de ce que cela signifiait, pour ce jeune prince qui avait accédé à la couronne à la suite d'une série d'événements malheureux.

Cependant Lyon était prêt. Et il estimait que sa place était légitime sur le trône. Sa grand-mère l'avait élevé dans l'idée que tel serait son destin. Elle avait deviné que ses frères et leur progéniture ne survivraient pas longtemps. Et l'histoire lui avait donné raison.

Égoïstes, insouciants et gouvernés par leurs désirs plutôt que leur devoir, les princes s'étaient succédé en plongeant le pays dans l'instabilité. Après le fiasco du dernier en date, le peuple avait voté pour tenter de se débarrasser de la monarchie. Les partisans de celle-ci l'avaient emporté de justesse, mais Lyon savait qu'au premier scandale le Parlement organiserait un nouveau scrutin qui leur serait fatal.

Jusqu'à présent, l'éducation qu'il avait reçue de sa grand-mère avait porté ses fruits. Il avait passé une année entière à s'efforcer de restaurer la confiance de son peuple.

Beau serait la prochaine étape pour asseoir son pouvoir. Une épouse et des enfants. Lyon ferait tout pour qu'il n'y ait plus d'inquiétude au sujet des futurs dirigeants de son pays. Il garantirait le respect des traditions, l'honneur et la justice. L'exact opposé de la vie scandaleuse que les autres princes avaient menée avant lui.

— Elle sait ce que nous attendons d'elle, déclara Lyon à sa mère pour la rassurer.

Et se rassurer lui-même.

Certes il avait eu davantage de temps pour explorer le caractère de Zia, et bien sûr il aurait préféré rencontrer Beaugonia en personne, mais il s'était renseigné et n'avait pas trouvé la moindre trace de scandale chez la plus discrète des princesses de Lille. Elle était parfaite. Il s'en était assuré.

— Nous ne sommes pas obligés de nous précipiter, Lyon, insista sa mère. Il nous a fallu des mois pour déterminer que la princesse Zia était le bon choix et tu l'as remplacée par sa sœur en l'espace de quelques jours seulement…

Ce n'était pas vrai. Voilà plusieurs mois déjà qu'il échangeait avec Beaugonia en secret.

Lyon se tourna vers la comtesse et lui adressa un sourire.

— Tout est sous contrôle, mère. Je ne vous décevrai pas.

Elle l'étudia un moment.

— Ta grand-mère serait fière de toi, Lyon. Tu étais son plus grand espoir.

Oui. C'était ce que sa grand-mère lui avait répété toute sa vie. Et Lyon s'était efforcé de porter ce poids, mais ce dernier avait parfois tendance à s'enrouler autour de sa gorge, l'empêchant de respirer. À tel point qu'à l'adolescence sa mère l'avait emmené voir un thérapeute pour traiter son anxiété. On lui avait prescrit des médicaments et, Dieu merci, sa grand-mère n'avait jamais appris cette faiblesse. Depuis, il avait gardé ses crises d'angoisse sous contrôle, grâce aux traitements.

Lyon mourait d'envie de desserrer sa cravate, mais alors il savait que sa mère prétendrait qu'il ne contrôlait rien, et encore moins ses propres angoisses. Il s'efforça donc de maintenir une respiration calme. Il rendrait sa mère aussi fière que sa grand-mère l'avait été de lui. C'était son devoir sacré.

Et Beaugonia en serait un élément essentiel. Elle serait irréprochable, elle connaîtrait sa place et elle lui fournirait des héritiers en temps voulu.

C'était ce qu'il avait décidé.

Et le prince héritier Lyon Traverso accomplissait toujours ce qu'il avait décidé.

2

En se contemplant, devant le miroir, dans sa magnifique robe de mariée blanche, Beaugonia eut le sentiment de se trouver face à une autre personne.

Une armée de coiffeurs, stylistes et maquilleurs s'étaient occupés d'elle depuis des heures. On avait accroché un collier de bijoux royaux autour de son cou et sa mère lui avait fourni un diadème de la famille Rendall.

En tant que princesse, Beaugonia était habituée au luxe, mais le plus souvent c'était Zia qui bénéficiait de ces traitements. Car Beau n'assistait pas aux fêtes ni aux événements officiels. Elle ne participait pas aux dîners. *Ses défauts,* ainsi que son père aimait les appeler, l'avaient tenue à l'écart du public durant la majeure partie de sa vie.

En cet instant, elle avait donc l'impression d'être déguisée.

Elle aurait aimé que Zia soit là, même si sa sœur ne savait rien de son mariage imminent, autrement elle aurait certainement tenté d'interrompre la cérémonie. Mais Zia devait s'occuper de Christhian et des bébés qu'elle attendait.

Néanmoins Beau aurait aimé l'avoir à ses côtés, car elle avait le sentiment d'être cernée d'ennemis. C'était bien sûr exagéré. Car un ennemi se soucie de vous, et aucun membre du personnel de Lyon ne semblait penser beaucoup à elle, en dehors du travail qu'il effectuait.

Sa mère la contempla les yeux brillants avant de joindre les mains dans un geste de joie pure. Beau aurait aimé trouver du réconfort dans son attitude, mais ce n'était pas le cas, car jamais la reine ne l'avait défendue ni soutenue. Pas plus qu'elle ne l'avait fait pour Zia. Sans être une ennemie *active*, sa mère s'était contentée de rester passive toute sa vie. De son côté, son père devait se lamenter sur la façon dont sa fille l'avait dupé, mais il ne pouvait risquer de ternir l'image de son propre royaume. Si le roi était bien pour sa part un ennemi *actif*, il était donc neutralisé. Et *cela*, en revanche, apportait à Beau une certaine joie, d'autant que ses parents s'en iraient dès le lendemain et qu'elle n'aurait plus à s'occuper d'eux.

Elle aurait sa propre vie. Son propre royaume.

On ne l'enfermerait plus à clé. On ne la cacherait plus.

Elle deviendrait enfin… *quelqu'un*.

— Tu es magnifique, s'extasia la reine.

Beau parvint à adresser un sourire à sa mère. Une femme qui voulait bien faire, mais qui n'avait aucune volonté de se battre pour protéger ses filles. Et qui les avait laissées subir les intimidations et les menaces de la cour durant toutes ces années. Elle aimait sa mère, mais elle n'avait ni respect ni considération pour elle, et encore moins confiance en elle.

Beau était seule.

Tu l'es depuis des mois et tu t'en es très bien sortie, songea-t-elle pour se rassurer.

Et comme pour se le prouver elle adressa un petit signe de tête à son reflet dans le miroir. Zia lui manquait peut-être, mais elle faisait tout cela pour sa sœur. Et ce mariage était l'unique solution pour que sa jumelle obtienne sa liberté.

Beau savait qu'elle ne devait pas se préoccuper de ses crises de panique. Le fait de s'en inquiéter ne ferait qu'aggraver le problème. À Lille, ces attaques l'avaient étiquetée comme faible, défaillante, honteuse…

Ici, elle commencerait une nouvelle vie. Elle parviendrait à cacher ses crises de panique à Lyon. Surtout dans un château aussi vaste que celui-ci. Et puis, dès qu'elle serait mère, Beau n'aurait plus besoin de passer beaucoup de temps avec son époux. Elle pourrait se consacrer à son rôle de maman. Cette perspective la remplissait d'amour et de joie.

Mais, surtout, Beau voulait avoir la chance d'aimer aussi pleinement et sans réserve qu'elle aimait sa sœur. Ce ne serait pas son mari, mais cela pourrait être ses enfants.

— Il est temps de nous diriger vers la chapelle, Votre Altesse.

Beau se laissa conduire à travers un dédale de couloirs. Combien de femmes avaient-elles parcouru ces lieux avant elle, vêtues de leur robe blanche, pour épouser un homme qu'elles ne connaissaient pas ?

Elle s'arrêta devant des portes immenses en bois sombre et quelqu'un emmena sa mère. Beau demeura seule avec une femme à l'allure austère durant quelques minutes, et soudain son cœur se mit à battre plus fort.

Qu'était-elle en train de faire ?

Juste au moment où elle s'apprêtait à s'enfuir en courant, la femme ouvrit en grand les portes, avant de lui faire signe d'entrer.

Beau fit quelques pas dans la chapelle et elle leva les yeux. C'était une tour d'une hauteur vertigineuse, ornée de vitraux colorés élégants et raffinés. Elle les contempla, fascinée par cette prouesse architecturale. Un léger coup de coude la fit revenir à la réalité. Elle n'était pas censée s'immobiliser pour contempler les vitraux avec émerveillement, mais avancer.

Pour aller épouser un prince.

Il n'y avait pas grand monde et elle parcourut lentement l'allée qui menait à l'autel, en s'efforçant d'adopter une démarche aussi gracieuse et calme que possible.

La comtesse était assise d'un côté face à l'autel et ses parents, de l'autre. Quelques membres du personnel se tenaient en retrait dans l'ombre. Et au centre il y avait Lyon. Bien droit dans son costume sombre, il avait une allure de prince charmant, mais dans ses yeux elle crut voir briller une lueur… sauvage.

C'était sûrement son imagination débordante qui lui jouait des tours. Rien dans ce que lui avait dit Zia au sujet de Lyon ni à travers les échanges qu'elle avait eus avec lui n'indiquait qu'il puisse être autre chose qu'un homme réservé et prudent.

Elle s'approcha et lorsqu'elle croisa son regard une impression étrange naquit en elle, sans qu'elle parvienne à la définir. Car cela allait au-delà de la simple nervosité – et Beau savait précisément ce qu'était la nervosité. C'était plus grand, plus profond. Et étrangement *intime.*

Dans ses yeux, elle ne lisait pas de haine comme dans ceux de son père, ni d'inquiétude déçue comme chez sa mère. Elle n'y voyait pas non plus la loyauté fervente de Zia et ses instincts protecteurs exagérés.

Non, Lyon la regardait comme si elle était une énigme à résoudre. Ce n'était pas romantique en soi et pourtant cela faisait naître en elle une sorte... *d'impatience* étrange.

C'était sûrement lié à la nouveauté. Épouser un étranger. Se jeter dans l'inconnu...

Et sauver Zia et ses bébés.

Cette pensée lui fit redresser la tête avec fierté. De plus, cela importait-il vraiment d'échanger une prison pour une autre ? Au moins dans celle-ci, elle avait une chance de devenir mère. Elle jouerait enfin un rôle, plutôt que d'être cachée. Alors, non. Aucun doute. Aucun regret.

Un simple : *Je le veux.*

Lyon contempla Beaugonia tandis qu'elle s'avançait vers lui dans l'allée. Elle était vraiment ravissante avec sa robe blanche et ses cheveux bruns tirés en arrière. La robe était un peu grandiloquente, mais elle la portait avec élégance. Sa façon de marcher, les épaules bien droites, lui plut et à travers les regards furtifs de la jeune femme il devina une certaine timidité sous cette apparente assurance. Tant mieux. Cela la rendrait plus chère aux yeux du peuple.

Quand elle atteignit l'autel, Beaugonia souffla lentement avant de se tourner vers lui. Lyon s'attendait à voir de la nervosité dans son regard et il fut satisfait de voir briller une lueur combative dans ses yeux noisette. La jeune femme savait ce qu'elle faisait et c'était tout ce qui comptait.

Le prêtre débuta la messe, mais Lyon ne l'écouta qu'à moitié, plongé dans la contemplation de sa future épouse qui, elle aussi, le fixait en silence.

C'était une situation étrange. Car, pour son mariage arrangé, c'était *lui* qui avait d'abord choisi sa fiancée et négocié un accord avec sa famille. La femme qui se trouvait devant lui aujourd'hui était venue *elle-même* le solliciter, à l'insu de ses parents. C'était si différent de sa sœur qui avait donné son consentement à contrecœur, sans jamais se départir de sa méfiance.

Qu'importe, Lyon offrirait à Beaugonia ce qu'il avait prévu d'offrir à Zia. Une belle vie. Un partenariat solide. Des enfants. Peut-être n'aurait-elle pas d'amour, mais Lyon était convaincu que la stabilité qu'ils obtiendraient valait largement tout cela. Il revint à la réalité tandis que le prêtre lui demandait de déclamer la phrase fatidique.

— Je le veux, déclara-t-il d'un ton solennel.

Quelques instants plus tard, Beaugonia fit de même.

— Vous pouvez embrasser la mariée.

C'est seulement à cet instant qu'il vit le regard de la jeune femme vaciller.

Lyon était conscient que certains aspects de leur arrangement restaient à discuter et il ne s'était pas senti assez à l'aise pour le faire lors de leurs échanges.

Mais un baiser pour sceller leur union était nécessaire. Le peuple de Divio devait *absolument* croire à leur histoire d'amour. En d'autres termes, il fallait qu'ils soient pris en photo en train de s'embrasser. Alors, il pencha la tête et s'approcha jusqu'à ce qu'un souffle sépare leurs bouches.

— Respirez, *tesoruccia,* murmura-t-il suffisamment bas pour qu'elle seule puisse l'entendre. Ce ne sera qu'un frôlement de lèvres.

Le souffle de Beaugonia trembla et Lyon ressentit une sensation…

étrange. Effervescente et légère. Depuis si longtemps, sa vie n'avait consisté qu'à supporter le poids de ce qui devait être fait. Il n'était pas certain que cela lui plaise, mais il ne pouvait faire durer cet instant plus longtemps. Alors, il toucha sa bouche avec la sienne. Et comme promis ce ne fut qu'un frôlement. Rien de plus.

Peu importe combien cela semblait *plus.* Ni à quel point cela ouvrait des possibilités intéressantes vis-à-vis de ce que ce *plus* pourrait impliquer à terme.

Lyon se redressa et s'efforça de faire en sorte que son trouble ne transparaisse pas sur son visage. Car il avait éprouvé une… *attirance.* Il ne s'était pas attendu à ressentir une quelconque alchimie avec son épouse. Et il n'était pas certain que cela soit une bonne nouvelle, mais tant que c'était sous contrôle tout se passerait bien.

— Bienvenue dans votre nouveau royaume, *mi principessa,* murmura-t-il.

Beaugonia inspira profondément avant de hocher la tête.

— Merci, *mio marito,* répondit-elle avec une prononciation plutôt correcte de la langue maternelle de Lyon.

Manifestement, elle s'était entraînée et il apprécia ce geste.

La nouvelle princesse Beaugonia Traverso serait tout ce dont il aurait besoin.

Il n'y avait pas d'autre possibilité.

3

Le dîner qui suivit la cérémonie fut délicieux mais quelque peu inconfortable pour Beau. Son père s'était enivré de façon inhabituelle et sa mère avait dû prétendre qu'il était malade, afin qu'on l'aide à le ramener dans sa chambre.

Le regard furieux du roi ne l'avait pas quittée tout au long de la soirée et Beau s'estima chanceuse que Lyon ait voulu que la cérémonie et le repas aient lieu dans l'intimité, avant l'annonce officielle du mariage au peuple de Divio, prévue le lendemain matin.

Dès que le roi sortit de la pièce, elle se détendit. Compte tenu de son comportement de ce soir, il était peu probable que son père soit encore là au lever du soleil.

Beau était libre à présent. Libérée de tout ce dont il l'avait menacée pendant si longtemps. Elle aurait aimé se réjouir et soupirer de soulagement, mais ce sentiment était tempéré par une inquiétude sourde. Parce que la notion de *liberté* soulevait une question qu'elle avait évitée jusque-là.

Si Lyon apprenait son problème, userait-il à son tour du même genre de menaces ?

Mais à quoi bon s'attarder sur ce sujet ? Beau ne pensait qu'à une chose, avoir des enfants. Manifestement, c'était la *seule* préoccupation de Lyon et cela la protégerait.

Elle l'espérait. Et elle ferait en sorte que ce soit le cas. Certes, elle ne bénéficiait pas d'un modèle maternel optimal, mais ainsi qu'elle l'avait déclaré à Zia, quelques jours auparavant, elles auraient toutes deux un exemple de ce qu'il ne faudrait *pas* faire, en tant que maman.

Le dîner s'acheva et ils reçurent les félicitations du personnel, ainsi que de la comtesse. Celle-ci parla peu, mais Beau ne put s'empêcher de remarquer les regards méfiants qu'elle lui lançait.

Puis, Lyon conduisit Beau en dehors de la salle de réception, la main posée dans le bas de son dos tandis que les plis de sa jupe en soie blanche virevoltaient dans son sillage. Sa robe ajustée la fit soudain penser à une camisole et elle réprima un éclat de rire nerveux.

Lyon la guida dans les escaliers et les couloirs et Beau n'eut d'autre choix que de le suivre. Il était son *époux* à présent. Soudain, le doute s'empara d'elle.

Qu'est-ce qui lui avait pris de voler ainsi au secours de Zia ? Et de défier son père aussi effrontément ? Elle aurait mieux fait de rester recroquevillée dans une pièce. Au fond, sa place était peut-être dans l'un de ces asiles où il menaçait souvent de l'envoyer.

Lyon finit par s'arrêter devant une grande porte, qu'il ouvrit avant d'inviter Beau à entrer. De toute évidence, c'était sa suite. Celle-ci se composait d'un vaste salon au fond duquel Beau aperçut une chambre. La décoration était élégante mais résolument… masculine.

Elle ne s'était pas beaucoup autorisée à penser à sa nuit de noces. Peut-être avait-elle été suffisamment naïve pour imaginer que Lyon lui indiquerait sa *propre* chambre. Avec son lit à elle. Et des domestiques, pour l'aider à enlever cette robe de mariage. Sans doute s'était-elle figuré que la *conception* des petits princes serait remise à… plus tard.

Au lieu de cela, ils étaient seuls et Beau ignorait ce que Lyon attendait d'elle.

— Je comprends à l'instant que l'idée de partager une chambre avec moi puisse vous sembler inconfortable ou compliquée, déclara Lyon.

Il avait l'air parfaitement maître de lui. Le cœur de Beau battit la chamade tandis que le souvenir de leur baiser dans la chapelle lui revenait à l'esprit.

Respire, tesoruccia.

Elle penserait à rechercher ce que signifiait ce mot.

— Pourtant, compte tenu de l'image que je souhaite donner à notre union, il est important de conserver les apparences… traditionnelles que cela implique, poursuivit le prince. Notre mariage doit sembler authentique, y compris entre les murs de ce château, afin qu'aucun doute ne soit permis.

— Même si tout le monde vous croit fiancé à ma sœur ?

— *J'étais* fiancé à votre sœur.

— Vous aviez établi un accord commercial avec mon père, ce qui n'est pas tout à fait pareil, précisa Beau. Votre peuple sait-il que cet accord a été rompu ?

Lyon fronça les sourcils. Elle devina qu'elle aurait mieux fait de se taire, mais… il lui était difficile de ne pas corriger les gens lorsqu'ils se trompaient.

— Non, répondit-il, mais je suis certain que ces fiançailles rompues joueront en notre faveur. L'histoire retiendra que je cherchais à faire un mariage politique, puis que je vous ai rencontrée et que je suis tombé amoureux de vous.

Cela pourrait marcher. Et puis, avec son statut de princesse cachée, on pouvait inventer n'importe quoi à son sujet.

Mais comment croire qu'un prince magnifique et puissant comme Lyon ait pu renoncer à une princesse aussi ravissante que Zia pour en épouser une de moindre importance ?

— Inutile de poursuivre cette conversation alors que vous n'êtes clairement pas à votre aise, reprit Lyon en désignant sa robe de mariée. Vos affaires ont été déballées, de même que certains vêtements qui ont été ajoutés en prévision de vos responsabilités prochaines. Je vous en prie, considérez cet espace comme le vôtre, autant que le mien.

Beau regarda autour d'elle. Difficile de s'imaginer *chez elle,* ici. Elle n'était pas sûre d'y arriver un jour. En revanche, elle savait qu'elle ne parviendrait pas à enlever cette fichue robe toute seule. Il n'y avait aucune femme de chambre pour l'aider. Et elle devinait qu'elle n'allait pas pouvoir en appeler une.

Pour les *apparences.*

Elle s'éclaircit la gorge.

— Je ne peux défaire moi-même les boutons au dos de ma robe, souffla-t-elle.

Lyon se figea, mais il garda une expression impassible.

— Très bien, fit-il. Venez.

Beau le suivit dans l'immense chambre à coucher, puis à travers une vaste salle de bains qui menait à une autre porte, derrière laquelle se trouvait un dressing presque aussi grand que la chambre elle-même.

Elle balaya la pièce du regard, reconnaissant ses affaires soigneusement rangées d'un côté tandis que celles de Lyon se trouvaient manifestement de l'autre.

— Permettez, murmura Lyon en tendant les mains vers elle.

Il lui fallut quelques secondes pour comprendre ce qu'il voulait dire et elle se retourna pour se trouver dos à lui.

C'était une robe bustier – Beau ne portait donc pas de soutien-gorge –, mais... elle n'aurait qu'à la tenir entre ses mains quand il l'aurait dégrafée. Elle recula donc avec précaution pour venir se placer juste devant Lyon.

Au début, Beau ne sentit pas grand-chose, hormis le léger tiraillement de l'étoffe qui bougeait. Mais à mesure que les boutons se défaisaient elle commença à le sentir... *lui.*

Et c'était tout à fait étrange. Sa présence formait comme un mur de chaleur dans son dos. Ses doigts effleuraient de temps à autre sa peau nue tandis qu'il descendait le long de la rangée de boutons nacrés.

Elle retint son souffle, consciente que sinon elle aurait laissé échapper un murmure embarrassant.

— C'est fait, dit-il enfin d'un ton un peu raide.

Quand elle se tourna vers lui, Lyon lui adressa un sourire neutre, mais dans ses yeux elle vit passer une *lueur* sombre.

— Merci, parvint-elle à bredouiller.

— Je vous en prie.

Elle faillit éclater de rire. Cet homme était son *mari*. Debout dans ce dressing, elle tenait sa robe de mariée pour qu'elle ne tombe pas. La scène lui parut si absurde qu'elle ne ressentit aucune panique. Comment aurait-elle pu ? Cela ne semblait même pas réel.

— Je vous laisse vous changer, reprit-il avant de quitter la pièce.

Elle resta seule, agrippant sa lourde robe, complètement désemparée. Qu'était-elle censée mettre ensuite ? Un pyjama ? Quelle était la tenue appropriée pour rejoindre son époux dans la chambre ? Pour les *apparences*.

Lyon lui avait fait clairement comprendre que le but de ce mariage consistait à avoir *des* héritiers. Beau était peut-être vierge, mais elle n'ignorait pas le mystère de la conception. Elle avait suffisamment lu de romans d'amour pour en connaître les rouages. Pourtant, voir Lyon en vrai la troublait plus que prévu.

Elle jeta un coup d'œil aux vêtements dans le placard. Elle opterait plutôt pour une tenue confortable. Et si cela ne plaisait pas à Lyon…

Beau ferma les yeux et expira lentement, faisant appel à l'une de ses techniques pour gérer ses crises de panique. Parfois cela marchait. D'autres fois, non. Elle se contenta donc de respirer en comptant dans sa tête jusqu'à ce qu'elle se sente capable de prendre une décision.

Elle s'était lancée dans cette aventure, sachant qu'elle ne serait pas elle-même et qu'elle devrait jouer le jeu pour convenir à Lyon.

Car c'était à son tour de se sacrifier pour Zia. Sa jumelle l'avait protégée toute sa vie, s'interposant entre leur père et elle, dès qu'elle le pouvait. Elle s'était pliée en quatre pour se comporter comme une vraie héritière, afin d'empêcher le roi de mettre à exécution ses menaces contre Beau. Sans sa sœur, celle-ci aurait sans doute déjà été envoyée à l'asile.

Beau ne pouvait pas devenir parfaite d'un coup. Elle savait qu'il y aurait des étapes à franchir dans son apprentissage de princesse parfaite. Si Lyon n'aimait pas le pyjama qu'elle avait choisi, eh bien... elle retournerait se changer aussi sec. Même chose s'il lui demandait de modifier son comportement.

Et si elle trouvait cela difficile, il lui suffirait de se rappeler le visage de son père au moment où elle lui avait annoncé qu'elle prenait la place de Zia en épousant Lyon, que les bans étaient publiés et qu'il devait la proclamer officiellement héritière. Ce souvenir l'aiderait à tenir pendant au moins dix ans.

Beau enfila donc un legging confortable par-dessus une chemise de nuit en soie noire. Puis elle prit une dernière inspiration et retourna dans la chambre.

Lyon était en train de déboutonner sa chemise. Sa cravate était déjà enlevée et accrochée au dossier d'une chaise située près de la fenêtre.

Beau n'avait pas croisé beaucoup d'hommes dans sa vie, mais elle devait reconnaître que celui-ci était vraiment beau. Et grand. Ses cheveux courts étaient ondulés d'une manière intéressante. Son torse bronzé et musclé formait un contraste saisissant avec le blanc immaculé de sa chemise de mariage.

Lyon leva les yeux vers elle et elle nota le rapide coup d'œil qu'il jeta à sa tenue, même si son visage restait parfaitement impassible. Ils se regardèrent en silence pendant quelques instants.

— Maintenant que nous avons un peu d'intimité, finit-il par déclarer d'un ton calme, nous pourrions discuter des aspects plus... délicats de notre relation.

— Vous voulez dire, le sexe ?

Il émit un son étranglé. Le même genre de bruit que les gens faisaient souvent après l'une de ses remarques. Mais Beau avait découvert qu'être franche et directe l'aidait à gérer son anxiété. À terme, il faudrait peut-être qu'elle apprenne à gérer ce côté impulsif.

— Oui, je suppose que c'est à cela que je fais allusion, convint Lyon.

Puis il resta silencieux. Il se tenait près de la fenêtre, sa chemise déboutonnée. Elle était sur le seuil de la salle de bains, dans son pyjama. Il s'éclaircit la gorge.

— Bien que les héritiers soient ma principale préoccupation, déclara-t-il comme s'il s'agissait d'un discours officiel, nous ne sommes pas obligés de nous précipiter. Nous pouvons apprendre à nous connaître un peu. Y aller... doucement.

Beau expira lentement. C'était plutôt... gentil de sa part. Au cours de leurs échanges, Lyon s'était toujours montré courtois. Elle n'aurait donc pas dû être surprise de découvrir ce trait de caractère chez lui. Mais elle n'y était tout simplement pas habituée.

Il fit quelques pas vers elle et elle retint à nouveau son souffle. Pourquoi diable provoquait-il ces réactions physiques étranges et difficiles à contrôler ?

— Notre arrangement ne signifie pas que cela ne peut pas être mutuellement agréable, reprit Lyon. Cela ne devrait pas être une... corvée.

Beau cligna des yeux en s'efforçant de comprendre ce qu'il voulait dire. *Agréable*. Elle sentit ses joues chauffer et devina qu'elle rougissait.

— J'ai entendu dire que je n'étais pas hideux, poursuivit le prince d'une voix douce et pleine d'humour.

C'est le premier indice qui indiqua à Beau qu'au-delà des devoirs et des plans qu'ils avaient conçus Lyon avait sa propre personnalité. De l'humour. Et une pointe d'orgueil.

Cela ne la dérangeait pas. Elle préférait de loin qu'il soit sûr de lui. Elle avait constaté que les hommes en proie à l'insécurité et dotés d'un quelconque pouvoir avaient tendance à l'exercer de manière peu reluisante.

— Et moi ? demanda-t-elle.

Le regard qu'il lui lança fit naître un frisson étrange tout le long de son corps.

— Je dirais que vous n'êtes pas hideuse, vous non plus, *tesoruccia*, murmura-t-il d'une voix sombre.

— Vous me trouvez jolie ?

— Oui.

— Plus jolie que Zia ?

Lyon haussa un sourcil.

— Est-ce une compétition ?

Toujours. Non pas qu'elle se sente en concurrence avec sa jumelle. Et Zia non plus. C'était juste qu'on les avait sans cesse comparées l'une à l'autre, depuis leur naissance.

— Concernant votre sœur…

Lyon voulait des réponses, ce qui était normal, mais Beau ne tenait pas à les lui donner tout de suite. Pas avant que Zia n'ait décidé de son sort.

— Je préférerais ne pas avoir à en parler… pour l'instant, murmura-t-elle.

Le prince fronça les sourcils, mais il n'insista pas.

— Je n'ai jamais…, reprit Beau, hésitante en désignant le lit conjugal de la main. De toute évidence, j'ai été très… protégée.

— Nous procéderons par étapes, annonça Lyon d'un ton calme.

— Par *étapes* ? répéta-t-elle, confuse.

— Nous avons échangé un baiser ce soir. Considérez cela comme l'étape initiale. Cela suffira pour notre première nuit en tant que mari et femme.

Il lui prit doucement la main, qu'il serra de manière rassurante. Sa paume était grande et chaude, et ce contact envoya des petites étincelles dans tout le corps de Beau. À nouveau, elle ressentit cette anticipation mystérieuse et tout à fait délicieuse. Peu de personnes dans sa vie lui avaient tendu la main pour la réconforter comme il le faisait.

— Je pense que notre arrangement sera vraiment une… réussite, Beaugonia.

Elle aussi souhaitait qu'il ait raison. Elle en avait besoin. C'est pourquoi elle le corrigea.

— Beau.

— *Scusami ?*

— Mes amis m'appellent Beau.

Il eut un sourire chaleureux, presque doux. Elle savait qu'elle ne devait pas attendre plus de cet arrangement et que toutes les fins heureuses de contes de fées n'étaient pas au programme.

Aucun prince charmant ne viendrait la faire chavirer.

Mais peut-être que ce mariage arrangé pourrait effectivement être une réussite.

Et leurs relations physiques, plus *agréables* qu'une corvée.

Tant que Beau parviendrait à dissimuler sa véritable personnalité, elle pourrait y arriver.

4

Lyon n'avait pas prévu de *désirer* son épouse. Cette nouvelle tournure était pour le moins déconcertante. Il était très minutieux et avait pour habitude de considérer tous les angles possibles avant de se lancer dans une entreprise.

Mais quand Beau s'était avancée vers lui dans l'allée de la chapelle il avait aussitôt compris qu'il n'avait pas considéré *tous* les angles. Parce que, alors, il avait eu le sentiment étrange que sa vie commençait à cet instant précis.

Il avait rapidement chassé cette pensée de son esprit. Elle était sans doute provoquée par le stress de ces derniers mois. D'abord, le fait que Zia renonce au mariage, puis le plan de substitution secret de Beaugonia. Il avait été soulagé qu'elle le sollicite pour sortir de cette impasse.

Mais pas une fois il ne lui était venu à l'esprit que la sœur de Zia, cette jumelle cachée, puisse présenter un quelconque... intérêt en dehors du rôle qu'elle devait jouer. Ni qu'elle puisse être *magnifique.*

Lyon s'était toujours montré prudent avec les femmes. Avant même d'être couronné prince, il savait que ce statut était son objectif ultime et il ne pouvait risquer que des rumeurs se répandent à son sujet et nuisent à son image. Il avait été témoin des frasques de ses prédécesseurs. Il avait vu ses oncles et cousins détruire tout en cédant à leurs plaisirs et à leurs caprices. Il ne s'autorisait donc que des liaisons brèves et respectueuses, dans l'attente de trouver un jour la princesse parfaite – et irréprochable. Il s'assurait toujours de mettre fin à ses histoires avec tact et gentillesse et il faisait en sorte de contrôler ses désirs et ses besoins.

Mais à présent il n'était plus sûr de bien se comprendre lui-même. Ou, du moins, de comprendre sa réaction face à Beaugonia. Tour à tour prude et directe. Timide mais sincère. Le noisette de ses yeux formait un mélange mystérieux de couleurs qui semblait changer en fonction de la lumière, des sentiments qu'elle éprouvait ou des vêtements qu'elle portait.

Bien sûr, Lyon était capable de gérer cette réaction inattendue. C'était nouveau, voilà tout. Il avait besoin de faire le point. Et peut-être d'aborder cette affaire d'une manière différente.

Car quoi qu'il ressente pour elle, et même si la jeune femme l'intriguait plus qu'il ne l'aurait voulu, il devrait s'assurer de bien garder le contrôle de la situation.

Heureusement, elle n'était pas insensible à son charme, elle non plus. Il l'avait remarqué à la façon qu'elle avait eue de le regarder, tandis qu'il s'escrimait à enlever sa chemise en s'efforçant de maîtriser sa respiration.

C'est positif, songea-t-il, allongé sur le lit à côté d'elle dans le noir. Un grand espace les séparait et il entendait sa respiration calme et régulière.

Il avait été sincère en évoquant son espoir d'un arrangement agréable. S'il y avait une certaine alchimie, ce serait encore mieux. Tant que ce n'était pas compliqué. Tant que ce n'était pas... Il repoussa cette pensée, mais elle revint à la charge et le tint éveillé une grande partie de la nuit.

Lyon fixa le plafond, irrité contre lui-même. Il avait besoin de s'assurer que la réalité de leur situation ne viendrait pas tout bousculer. Il ne pensait pas que fixer des règles de base soit la bonne approche avec elle. Il sentait briller en Beaugonia une étincelle qui n'était pas de la rébellion, mais qui ferait que cela ne fonctionnerait pas.

Il transparaissait dans chacun de ses gestes une grande assurance. Cette femme qui l'avait contacté quelques mois auparavant pour lui annoncer que son mariage avec Zia n'aurait pas lieu avait une vision très claire de la façon dont la vie se déroulerait. La seule raison qui l'avait fait hésiter avait été le refus de Beaugonia de le rencontrer, avant le mariage.

Mais elle avait soigneusement exposé son plan et Lyon s'était rendu à l'évidence : celui-ci correspondait parfaitement au sien.

Le problème, c'est qu'il avait l'affreux pressentiment qu'il allait devoir faire semblant d'être distant maintenant, car la jeune femme n'était pas l'ermite froide qu'il s'était attendu à rencontrer.

Cependant, ils étaient mariés à présent. Son plan pour assurer la stabilité de la couronne se déroulait comme prévu. Les émotions troublantes qu'il éprouvait n'y changeraient rien. Il ne le permettrait pas. Il apprendrait à connaître sa nouvelle épouse. Et, quelles que soient ces sensations qui le tourmentaient, il s'assurerait de les contrôler, plutôt que l'inverse.

Alors que le soleil se levait et que les premiers rayons de lumière filtraient à travers les rideaux, Lyon se glissa prudemment hors du lit et se rendit à la salle de bains pour prendre une douche et se changer les idées.

Tout cela était bénéfique. Vraiment. Le défi face auquel il se trouvait le rendait plus vif et sain d'esprit. Il devinait que son règne allait être un exercice de lutte pour regagner la stabilité et l'honneur que ses grands-oncles, oncles et cousins s'étaient appliqués à détruire durant des décennies.

Lyon s'habilla, mais il garda sa cravate desserrée pour l'instant. Il était soulagé d'avoir retrouvé sa détermination, qui avait été fragilisée après la cérémonie.

Jusqu'à ce qu'il retourne dans sa chambre.

Beaugonia était assise sur le lit, les joues encore roses de sommeil et les cheveux ébouriffés. Elle s'étira en bâillant.

— Bonjour, lança-t-il en se dirigeant d'un pas raide vers la fenêtre.

Il tira les rideaux. Le soleil brillait sur la campagne enneigée.

— Aujourd'hui, je vous ferai visiter le château, reprit-il. L'annonce de notre mariage sera bientôt diffusée. Un dîner est prévu en fin de journée, puis nous enregistrerons une courte vidéo qui sera ensuite envoyée aux médias.

— Ça me semble parfait, répondit Beau. Je vais tout de suite me préparer.

Lyon n'osa pas la regarder, même lorsqu'il entendit le bruissement des draps tandis qu'elle se mettait debout. Il garda les yeux rivés sur la crête des montagnes.

Quand elle revint dans la chambre, il s'autorisa enfin à la contempler. Elle portait un pantalon suffisamment ample pour camoufler le galbe de ses jambes. Son pull vert foncé était un peu plus ajusté. L'ensemble lui parut à la fois élégant et confortable. Parfait pour la matinée qui s'annonçait.

Parce qu'*elle* était parfaite.

— Faisons un tour en descendant pour le petit déjeuner, proposa-t-il en guidant Beaugonia hors de leur suite.

Lyon lui décrivit toutes les pièces devant lesquelles ils passèrent, la laissant jeter un coup d'œil à l'intérieur de certaines d'entre elles.

— Vous pourrez bien sûr apporter tous les changements qu'il vous plaira, l'informa-t-il. Il faudra passer par M. Filini, l'intendant du château, mais tant que vos demandes sont raisonnables il ne devrait pas y avoir de problème.

Ils arrivèrent devant la dernière porte du couloir avant l'escalier et Lyon la tint ouverte en lui faisant signe d'entrer.

Les yeux de Beaugonia s'illuminèrent. C'était la réaction qu'il avait espérée. La jeune femme fit glisser sa main le long d'une rangée de livres. Pendant quelques instants, elle contempla en silence les étagères remplies d'ouvrages modernes et anciens.

— C'est la plus belle pièce que j'aie vue de toute ma vie ! s'exclama-t-elle.

Quand elle se tourna vers Lyon pour lui adresser un sourire, il sentit une vague de chaleur envahir sa poitrine. Une femme émerveillée par la vision d'une bibliothèque ne pouvait pas être un mauvais choix.

— Bien entendu, vous pourrez commander tous les livres que vous souhaitez. Il suffira d'en faire la demande à votre assistante.

— Mais vous en avez déjà tellement…

— Il n'y a jamais trop de livres.

— Mon père n'était pas d'accord avec cela, dit Beau en parcourant les rayons. Quand je voulais lire un roman, je devais l'acheter en cachette en version numérique sur mon téléphone. C'était mieux que rien, mais ça ne vaut pas…

Elle s'interrompit et haussa les épaules avant de poursuivre son exploration de la bibliothèque. Lyon n'avait jamais été fan du roi Rendall. Et cette nouvelle ne faisait que confirmer cette impression. Car un homme qui imposait des limites à la lecture ne pouvait être un bon roi.

— Êtes-vous toujours parvenue à contourner les règles de votre père ?

— Non, répondit-elle en détournant le regard. Mais je le faisais dès que je le pouvais. Et ma sœur également. Cela vous donne peut-être une mauvaise image de nous, mais ce serait injuste. Notre père se soucie simplement plus de son pays que de ses filles.

Lyon fronça les sourcils. Beau n'avait pas énoncé cela comme une menace, et pourtant il se sentit légèrement… jugé.

Sa priorité était son royaume, il le lui avait clairement fait comprendre. Il devait à tout prix offrir la stabilité à son peuple et cela passait d'abord par des héritiers.

Mais cette pensée le ramena à la seule question à laquelle Beau n'avait pas répondu. Celle qui avait inquiété sa mère quand elle avait eu vent de leur arrangement. Pour quelle raison Beau n'avait-elle pas été l'héritière de Lille ?

Au fond, cela n'avait pas d'importance. L'affaire était conclue. Ils étaient mariés. Mais Lyon voulait avoir le fin mot de l'histoire avant de présenter Beau officiellement au peuple de Divio comme la princesse héritière.

— Vous êtes l'aînée des jumelles, déclara-t-il. C'est vous qui auriez dû être nommée héritière, n'est-ce pas ?

Elle secoua la tête comme si ce changement de sujet n'était en aucun cas une surprise.

— Ce n'est pas ainsi que cela fonctionne à Lille, expliqua Beau. C'est à mon père que revient le choix de désigner un héritier. Zia était plus... adaptée à ce rôle dès le départ.

— Pour quelle raison ?

Jamais il ne lui avait posé la question aussi directement. Jusqu'à présent, il s'était contenté de tourner autour du pot, lors de leurs échanges. Lyon avait fini par accepter l'idée selon laquelle ce que Beaugonia offrait était plus important que ce qu'elle avait à cacher. Il espérait seulement que son instinct ne l'avait pas induit en erreur.

— Depuis toute petite, avant même que je ne m'en souvienne, je trouvais la foule... effrayante. Je m'en sortais quand j'étais en tête à tête avec quelqu'un, mais dès qu'il y avait du monde j'étais terrifiée. C'est compréhensible, je suppose, mais ce n'est pas ce qu'on attend d'une princesse. Zia en revanche savait comment se comporter. J'ai mis du temps à m'adapter et à surmonter cette difficulté, et quand j'y suis parvenue... eh bien, les jeux étaient faits et c'est elle qu'on avait désignée comme héritière.

Tout en parlant, Beaugonia se concentrait sur les livres. Puis elle en choisit un sur une étagère.

— Puis-je emporter celui-ci ? demanda-t-elle.

Lyon aurait aimé approfondir la question, car il avait le sentiment qu'elle omettait des détails, mais il ne voulait pas la brusquer. Il décida donc de faire preuve de patience.

— Ce sont vos livres autant que les miens, Beau. Vous pouvez en disposer à votre guise.

Elle lui adressa un sourire timide, mais celui-ci s'estompa quand il tendit la main vers l'ouvrage qu'elle tenait. Elle le lui céda avec une réticence évidente. Lyon étudia la couverture du livre, puis il le retourna pour en lire le résumé.

— Un roman d'amour ?

— Ce sont ceux que je préfère. Mais n'ayez crainte. Je n'ai aucune nature romantique.

Il la regarda, perplexe.

— Pourquoi les lire dans ce cas, si ce n'est pas pour l'intrigue amoureuse ?

Beau fixa le livre dans sa main.

— Je n'ai rien contre une belle histoire d'amour mais, ce qui m'a toujours plu dans ces romans, c'est le fait que l'héroïne trouve des gens qui la comprennent et qui la font se sentir… visible. Je trouve cela agréable. Et j'aime les livres qui me font du bien.

Visible. C'était sans doute une façon intéressante de voir les choses. Pour sa part, Lyon préférait largement être caché aux yeux du monde. Mais si son épouse aimait être vue, eh bien, il ferait en sorte qu'elle soit satisfaite.

— Et si vous me choisissiez un livre que vous avez aimé ? suggéra-t-il. Peut-être que cela m'aiderait à mieux vous connaître.

Beau le regarda un instant comme s'il lui avait proposé de courir nue à travers les couloirs du château. Puis elle prit une grande inspiration et elle regarda autour d'elle.

— Je pense qu'il me faudra un moment avant de trouver un tel livre, si tant est que vous l'ayez dans votre bibliothèque, murmura-t-elle.

Lyon hocha la tête.

— S'il n'y est pas, nous le commanderons, fit-il avant de jeter un coup d'œil à sa montre. Allons prendre le petit déjeuner.

Il se dirigea vers la porte, mais alors elle posa une main sur son bras pour l'arrêter.

— Attendez. Quel livre devrais-je lire, moi aussi, pour mieux vous connaître ?

Lyon parcourut les rayons. Les options étaient infinies. Il avait toujours été un lecteur assidu. Mais il supposa qu'au centre de son intérêt pour la lecture se trouvait l'homme qu'il voulait être. Il attrapa un volume et le lui tendit. Beaugonia le prit et elle en étudia la couverture avant de froncer le nez.

— Une biographie de votre famille…

— C'est un peu austère, je vous l'accorde, mais cela vous donnera un aperçu de qui je suis. Une prolongation de l'héritage construit à travers ces pages. Un héritage dont vous faites partie, à présent.

Beaugonia prit une longue et prudente inspiration.

— Je suppose que je n'y avais pas pensé selon ces termes.

— Vous serez la mère du futur héritier.

Il ne put lire son expression lorsqu'elle croisa enfin son regard, mais elle lui sourit.

— Je crois que j'aime l'idée d'appartenir à quelque chose...

Lyon ne sut pas bien pourquoi sa poitrine le serrait comme un étau, mais il lui sourit en retour. Puis, il la guida jusqu'à la salle à manger, refoulant le sentiment inconnu qui s'était emparé de lui.

5

Ils prirent leur petit déjeuner ensemble, puis Lyon offrit à Beau une visite complète du château.

Dieu merci, bien que tout cela soit impressionnant, elle ne sentait pas poindre en elle la moindre crise de panique. Il faut dire que Lyon avait une présence rassurante. Il lui expliquait tout et apaisait les angoisses qui auraient pu la gagner à l'idée de s'installer dans un univers si nouveau pour elle.

Lorsqu'il fut temps de se préparer pour le dîner, il lui présenta l'équipe qui s'occuperait d'elle, prenant le temps de préciser le nom et la fonction de chaque membre du personnel.

Le seul point sur lequel elle n'avait son mot à dire était la robe qu'elle devrait porter pour cet événement officiel. Lorsqu'elle exprima quelque inquiétude quant au fait que celle-ci ne comportait pas de bretelles, on lui assura qu'elle n'avait rien à craindre et qu'elle tiendrait parfaitement bien. Beau se laissa donc faire et on cousit pratiquement la robe sur elle. Comment Zia avait-elle pu supporter cela, toutes ces années ? Ces contraintes pour acquérir une certaine apparence face à des inconnus. Ces événements interminables auxquels elle avait dû se plier, sourire, complimenter et se comporter comme une petite princesse parfaite.

Tout cela pour protéger Beau. Parce que, même si Zia savait *mieux* jouer l'héritière qu'elle, ce n'était pas ce qu'elle *souhaitait* dans la vie. Elle avait cédé au chantage de leur père pour l'empêcher de mettre à exécution ses menaces.

C'est pour cette raison que Beau était là aujourd'hui. Pour la protéger à son tour. Ce n'était pas si terrible, au fond. Elle avait fait ce choix et Lyon était…

Bon, elle ne pouvait pas dire qu'il ne ressemblait en rien à son père dans la mesure où il lui avait clairement indiqué que son royaume passait avant le reste. Il suffisait de voir le livre qu'il avait sélectionné pour elle dans la bibliothèque.

La famille. L'héritage. La tradition.

Mais au moins Lyon faisait preuve de *gentillesse,* ce que son père n'avait jamais fait vis-à-vis d'elle ou de sa sœur.

La porte s'ouvrit et Lyon entra, vêtu d'un smoking impeccable et les cheveux parfaitement coiffés. Il ressemblait en tout point au prince charmant qu'il était censé être.

— Vous êtes magnifique, déclara-t-il.

Beau savait que c'était une simple politesse de sa part, mais la note de gravité dans sa voix rendit le compliment plus *réel* à ses yeux. Jamais elle ne s'était sentie belle. Pour elle, la beauté était le domaine de Zia. Pourtant, les yeux de Lyon posés sur elle transformèrent soudain cet éloge qu'elle n'avait jamais pensé recevoir en une sensation… merveilleuse. Cela la fit penser à la nuit qui suivrait. Et aux prochaines *étapes* qui l'attendaient dans leur chambre.

Ce qui n'était pas du tout ce à quoi elle aurait dû songer en cet instant.

— On croirait que ce diadème a été conçu pour la princesse, vous n'êtes pas d'accord, Votre Altesse ?

Lyon hocha la tête en direction du coiffeur, sans quitter Beau des yeux.

— C'est vrai.

Elle ne partageait pas du tout cet avis mais, tout à coup, le regard de Lyon lui donna envie que ce soit… vrai.

Comme c'était étrange de vouloir… plaire à quelqu'un. Dès son plus jeune âge, Beau avait compris qu'elle ne parviendrait jamais à impressionner ses parents, alors elle y avait tout simplement renoncé. Et elle ne s'était plus souciée de ce que les gens pensaient d'elle car elle connaissait son rôle. Ou plutôt son absence de rôle.

Mais désormais elle en avait un.

Lyon lui prit la main avant de la porter à sa bouche et de l'effleurer d'un léger baiser. Saurait-elle un jour réagir à ce geste sans être totalement déstabilisée ?

— L'annonce officielle s'est bien déroulée et nous pouvons nous attendre à avoir de nombreux participants au dîner de ce soir, annonça Lyon en la guidant hors de la pièce. Vous serez présentée à certains membres du Parlement ainsi qu'à des personnes de ma famille. Ensuite, nous ferons une courte vidéo, afin de vous présenter et d'évoquer nos projets communs pour l'avenir.

— Quels sont-ils ?

— Créer une monarchie digne et responsable qui travaille avec le Parlement plutôt que contre lui et qui fera entrer Divio dans une ère de stabilité qu'elle n'a pas connue depuis des décennies. Notre partenariat avec Lille mènera à une union de nos deux pays, une fois que vous hériterez du royaume.

Un héritage dont vous faites partie, à présent...

C'étaient les mots de Lyon. Il les lui avait déclarés à elle, pas à un public. Comme s'il le pensait sincèrement.

— S'attend-on à ce que je prenne la parole ? demanda-t-elle.

— Mes assistants ont rédigé quelques commentaires en effet, répondit Lyon. Après le dîner, nous aurons un peu de temps pour nous préparer. Ce ne sera pas une diffusion en direct. Nous aurons donc la possibilité de faire plusieurs prises, jusqu'à ce que ce soit satisfaisant.

Beau essaya de ne pas s'inquiéter. Au fond, ce scénario lui semblait préférable à un dîner où elle serait assaillie de questions et qui serait un terrain plus propice à provoquer une crise de panique.

Mais elle connaissait le château à présent. Elle parvint à se rassurer en se persuadant que si les signes avant-coureurs d'une crise survenaient – engourdissement des membres, vision floutée, essoufflement – elle s'excuserait et demanderait à aller aux toilettes. Puis elle irait se cacher.

— Vous serez présentée à un certain nombre de personnes ce soir, alors ne vous sentez pas mal à l'aise si vous ne parvenez pas à retenir les noms de chacun d'entre eux, reprit Lyon.

— J'ai une excellente mémoire des noms et des visages, répondit Beau. En général, il me suffit d'une rencontre pour me souvenir de quelqu'un.

Sa mémoire avait toujours été prodigieuse. D'ailleurs, son père n'appréciait pas sa capacité à se souvenir d'événements qu'il aurait préféré qu'elle oublie.

— Un véritable atout, déclara Lyon en lui tapotant le bras.

Quand elle leva les yeux vers lui, il lui souriait. Beau sentit une vague de… fierté la traverser. Recevoir un compliment de cet homme semblait l'exciter. Tout cela était si… étrange.

Lyon la conduisit le long d'un couloir qui menait à l'entrée de la salle de bal où ils seraient annoncés. La comtesse, accompagnée de quelques membres du personnel, les y attendait devant la porte. L'un d'eux se précipita vers Lyon et lui murmura quelques mots à l'oreille. Le prince hocha la tête et lâcha le bras de Beau.

— Je reviens tout de suite, déclara-t-il, la laissant avec sa mère, dont l'expression était… glaciale.

Le regard de la comtesse balaya la robe de Beau.

— Vous avez fait du bon travail, Votre Altesse.

Cela ne ressemblait pas à un compliment, mais Beau lui adressa néanmoins un sourire.

— Je vous remercie. Le personnel de Lyon est formidable. Je serais perdue s'ils n'étaient pas là pour m'aider à accomplir ce… *travail.*

— Puis-je toutefois me permettre une petite suggestion ? reprit la comtesse en se penchant vers elle comme s'il s'agissait d'un secret d'État.

Beau s'efforça de garder son sourire.

— Bien sûr.

— La prochaine fois, songez à porter une couleur plus adaptée à celles de notre famille royale.

Beau baissa les yeux vers sa robe bleu marine. Plus adaptée ? Elle ouvrit la bouche pour demander quelques précisions à sa belle-mère, mais Lyon revint et il lui prit le bras pour la guider dans la salle de bal.

Beau se retourna vers la comtesse. Peut-être avait-elle mal compris ce que celle-ci avait voulu lui dire ? Mais le regard de sa belle-mère était sans équivoque et elle la fit penser à la marâtre de Cendrillon.

C'était si absurde qu'elle secoua légèrement la tête. Il n'y avait rien de mauvais chez la comtesse. Peut-être serait-elle une belle-mère difficile, mais Beau y ferait face.

Cela ne pourrait pas être pire que son père.

À moins qu'elle ne découvre mon problème.

Beau chassa cette pensée et se concentra sur l'assemblée. Les gens s'agitaient sur leur siège, mais le silence se fit dès qu'on les annonça.

— Mesdames et messieurs, le prince héritier, Lyon Traverso, accompagné de sa nouvelle épouse, la princesse Beaugonia Traverso.

Il n'y avait pas une foule *immense*, mais tous les regards se tournèrent vers eux et Beau serait restée figée sur place si Lyon ne l'avait pas conduite par le bras pour avancer dans la salle.

Elle sentit un petit chatouillement au fond de la gorge. C'était de l'anxiété, pas de la panique. Et Beau savait gérer l'anxiété. Elle avait mis au point toutes sortes de techniques pour faire face aux situations sociales stressantes.

Lyon lui fit faire le tour de la pièce en la présentant aux invités. Elle s'assura de regarder chaque personne dans les yeux en lui souriant et de se souvenir de son nom et de son visage. Parce qu'elle pouvait gérer cela. Elle était même *douée* dans ce domaine.

Quelle que soit la couleur de sa robe.

Ce type de dîners lui avait toujours paru interminable, mais Lyon était si fasciné par Beau que le temps passa très vite. La jeune femme n'avait pas menti au sujet de sa mémoire. Elle semblait retenir les noms et les visages et elle souriait à tous. Elle était absolument charmante.

Ou du moins elle *le* charmait.

Son épouse était conforme à ce qu'il avait prévu et pourtant il se sentait déstabilisé à l'idée qu'elle semble... si *parfaite.* Il s'était attendu à une victoire bien entendu, mais il avait pensé que celle-ci serait semée embûches.

Le dîner se déroula parfaitement. Et si certains membres du Parlement lui parlaient encore de haut, en espérant lui trouver un point faible pour asseoir leurs manigances politiques, Lyon voyait bien qu'ils étaient séduits par Beau. Et il ne doutait pas que les citoyens de son pays apprécieraient ce mariage royal. Et, à mesure que leurs enfants naîtraient, ils comprendraient que leur famille était là pour durer.

Ils saluèrent les derniers invités et Beau les appela chacun par leur nom. Lyon remarqua à quel point ces derniers étaient impressionnés. Alors que d'habitude ce genre de dîners le laissait fatigué et migraineux, il se sentait... *revigoré.*

Lorsque la comtesse s'approcha d'eux, Lyon lui adressa un grand sourire.

— Je pense que nous pouvons considérer que c'est un succès, annonça-t-il en s'inclinant vers elle.

— Ne nous réjouissons pas trop vite, tempéra sa mère avec un sourire léger. Ce n'est que la première étape.

— Eh bien, elle a été franchie avec brio. À présent, Beau et moi allons enregistrer notre vidéo pour le pays.

— Beau... Comme c'est... mignon.

Mais Lyon ne prêta pas attention à sa mère. Il était trop concentré sur la suite des événements. Si le message destiné au peuple était bien reçu, Beau et lui s'accorderaient ensuite un week-end de « lune de miel ». C'était ainsi que cela serait présenté au public. Dans le cas contraire, il conviendrait d'organiser une réunion avec son équipe de communication, afin de réévaluer la stratégie et élaborer un nouveau plan.

Bien sûr, il serait plus simple que le film soit apprécié. Mais cela signifierait être complètement *seul* avec Beau pendant quelques jours, ce qui était... troublant.

Mieux valait ne pas y penser pour l'instant.

— Bonsoir, mère, déclara Lyon avant d'entraîner Beau à l'extérieur de la salle.

Leur vidéo serait enregistrée dans la bibliothèque, puis elle serait mise en ligne et diffusée dès que son équipe de montage aurait achevé son travail. Tandis qu'ils gravissaient les escaliers, Beau se tourna vers lui.

— J'ai l'impression que votre mère ne m'aime pas, murmura-t-elle.

Lyon fronça les sourcils. La jeune femme ne semblait ni en colère ni blessée.

— Qu'est-ce qui vous fait penser cela ?

Beau secoua la tête avant de lui sourire.

— Sans doute faut-il simplement que j'apprenne à la connaître.

— Mère souhaite que je me marie depuis longtemps, déclara Lyon. Je suis sûr qu'elle est très heureuse de cette situation.

— Souhaiter votre mariage ne signifie pas qu'elle *m'apprécie*, précisa Beau.

Lyon s'immobilisa en haut des marches. Il regarda cette femme qui avait géré la soirée avec tant d'aplomb. Elle était magnifique. Le bleu foncé de sa robe et les bijoux scintillants qu'elle portait lui donnaient l'allure d'une vraie princesse, élégante et sophistiquée.

— Vous avez charmé une assemblée entière ce soir, Beau. Pas seulement des proches, mais des politiciens qui aimeraient me voir échouer. Vous les avez *éblouis*. Et vous êtes sur le point de séduire le pays entier à présent, j'en suis certain. Je suis très impressionné.

Le regard inquiet de la jeune femme changea lentement. Sa bouche se courba en un sourire et un rose délicieux apparut sur ses joues. Il la trouva si adorable qu'il faillit tendre la main pour lui caresser le visage.

Mais ils avaient des rendez-vous à respecter et il était préférable que Lyon résiste autant que possible à ses envies.

— M. Filini accompagné d'Alice, la responsable de mon équipe de communication, ainsi que le vidéaste nous attendent.

Beau hocha la tête et se laissa conduire jusqu'à la bibliothèque. L'intendant s'inclina en les voyant entrer.

— Vos Altesses. Nous sommes prêts à commencer dès que vous le souhaitez. Vous prendrez place ici, ajouta-t-il en désignant deux fauteuils installés devant la cheminée, où un feu de bois crépitait, diffusant une lumière chaleureuse dans la pièce.

Cela conférerait au film une atmosphère de convivialité et de respect des traditions. Tout cela dans l'objectif de créer un contraste volontaire avec l'histoire récente des prédécesseurs de Lyon.

— Voici des copies de l'annonce qui sera faite, annonça Alice en leur tendant une feuille à chacun. Prenez votre temps pour la parcourir et faites signe à Aldo lorsque vous serez prêts à être filmés.

— Inutile de tout mémoriser, précisa Lyon à Beau. Ce n'est qu'un guide destiné à vous aider. Le monteur choisira les passages qui lui conviennent le mieux.

Beau se concentra sur la feuille tandis qu'Aldo se déplaçait autour d'eux, allumant les lumières et les déplaçant à tel ou tel endroit tout en regardant l'image qu'il obtenait sur son écran.

— C'est bien écrit, déclara Beau au bout d'un moment.

— J'ai fait le gros du travail, mais c'est Alice qui l'a rendu digeste et fluide, précisa Lyon. Elle tenait à ce que nous ayons le même temps de parole, afin que le public ait le sentiment qu'il s'agit bien entre nous d'un partenariat.

Beau hocha la tête.

— C'est tout à fait ce qui ressort du texte, mais…

— Y a-t-il un problème ?

— Non. C'est juste que…

Elle s'interrompit en secouant la tête.

— C'est étrange de parler de Lille en tant qu'héritière du royaume, alors que mes parents sont partis sans même me dire au revoir.

La jeune femme n'avait pas commenté leur départ précipité et Lyon en avait conclu qu'elle ne s'en souciait pas vraiment.

— Cela vous dérange-t-il ?

— Je pensais que je m'en moquerais, mais ce n'est pas tout à fait le cas, répondit-elle avant de prendre une grande inspiration et de lever les yeux vers lui, avec un sourire qu'il devina un peu forcé. Peu importe. Je suis prête.

Lyon aurait aimé creuser cette lueur de vulnérabilité qu'il avait entrevue, mais il y avait des questions plus urgentes à régler. Il se concentra donc sur ce qu'on attendait de lui.

Il indiqua à Aldo et Alice qu'ils étaient prêts et le tournage débuta. Alice leur fit répéter leur annonce à plusieurs reprises, avant de leur assurer qu'elle avait de quoi monter une vidéo parfaite. En observant Beau, Lyon n'en douta pas une seconde.

Lorsqu'ils eurent terminé et que l'équipe de tournage commença à plier bagage, il se tourna vers sa nouvelle épouse.

— Vous avez été admirable. Vous connaissiez votre texte pratiquement par cœur.

Le sourire de Beau s'épanouit sur son joli visage.

— Je vous ai dit que j'avais une bonne mémoire. Et je ne suis pas encline à exagérer au sujet de mes qualités, je peux vous l'assurer.

— Peut-être devriez-vous le faire, répliqua-t-il.

Elle eut un petit rire qui résonna en lui comme une musique.

— C'était parfait, Vos Majestés, annonça Alice. Nous allons nous mettre au travail immédiatement, afin que la vidéo puisse être diffusée cette nuit. Elle devrait être présentée dans le programme d'information locale demain matin.

— *Grazie*, Alice.

La femme effectua une courte révérence et l'équipe sortit de la pièce, les laissant seuls. Lyon eut soudain envie de rester là avec Beau, dans l'atmosphère confortable du feu de cheminée. Mais il se faisait tard et il devait se lever tôt pour surveiller la réaction suscitée par les nouvelles.

Il se leva et tendit une main à Beau pour l'aider à son tour à se lever.

Ils se retrouvèrent face à face. Elle était beaucoup plus petite que lui, si bien que pour le regarder elle devait pencher la tête en arrière.

Il aurait dû faire glisser sa main jusqu'à son bras pour la guider hors de la pièce. Mais à la place il entreprit de compter les paillettes d'or qui parsemaient l'iris noisette de ses yeux. Et il fut envahi d'une étrange sensation.

Lyon n'avait jamais laissé ses envies impudentes prendre le contrôle de sa raison. Pour la première fois, il se sentait vraiment mis à l'épreuve. Ils étaient seuls dans sa pièce favorite et la lueur du feu faisait briller les épaules nues de la jeune femme. Il avait envie de savoir ce qu'il ressentirait en posant les mains dessus. Et ce qu'il éprouverait en faisant plus que d'effleurer ses lèvres.

Il la *désirait* et il avait toujours refoulé le désir, car cela ne pouvait mener à rien de bon.

Mais Beau ne bougea pas. Elle posa sur lui son regard franc et elle laissa sa main dans la sienne. Il eut même l'impression qu'elle respirait plus vite.

Il aurait dû gérer cela différemment, il le savait. Même lorsque leurs bouches se touchèrent. Il aurait dû faire preuve d'un *certain* détachement. Suivre *certaines* règles. Si une relation physique s'avérait agréable, elle devait respecter des limites. Pas de baisers volés dans une bibliothèque avec, pour seul éclairage, la lueur d'un feu de cheminée. Bien qu'il y ait des façons autrement plus importantes de porter atteinte à sa réputation, Lyon ne voulait en aucun cas ressembler aux princes héritiers qui l'avaient précédé.

Mais avant qu'il ne puisse s'écarter Beau fondit sous son baiser. Centimètre par centimètre, elle s'abandonna dans ses bras. Elle était sucrée, douce et addictive, si bien qu'il pilla sa bouche sans plus penser à rien d'autre qu'à elle. Cette femme qui semblait être un secret. Un mystère qu'il avait envie de résoudre.

Il devinait que quelque chose de sombre et excitant se cachait sous cette surface tranquille. Cette impression l'attirait comme un aimant, lui murmurant des désirs qu'il ne pouvait assouvir. *Il ne le pouvait pas.*

Lorsqu'il s'écarta, elle cligna des yeux plusieurs fois, essoufflée. Son regard était embrumé, ses joues roses et ses lèvres humides. Un désir sombre et dangereux tourbillonnait en lui. Un désir qu'il ferait mieux de garder secret pour éviter d'avoir des ennuis.

Elle est ta femme.

Mais ils se trouvaient dans la bibliothèque. Un lieu inapproprié pour assouvir ses pulsions. Et celles-ci n'étaient pas aussi contrôlables qu'il l'aurait souhaité. Lyon avait éprouvé cette envie de luxure auparavant, mais il l'avait identifiée et mise de côté.

Facilement.

Ce qu'il ressentait en cet instant était autrement plus complexe à gérer. Il s'éclaircit la voix.

— J'ai peur que vos cheveux ne soient quelque peu ébouriffés. Quant à votre rouge à lèvres… il y a un miroir là-bas si vous voulez remettre tout cela en ordre.

Beau resta silencieuse quelques instants, se contentant de le fixer avec ce regard qu'il ne parvenait pas à déchiffrer.

— Ce ne serait peut-être pas si mal que le personnel me voie sortir de la bibliothèque avec les cheveux en bataille et les joues rouges. Du moins, si notre but est de ressembler à un couple de jeunes mariés, bien entendu.

Lyon ne put qu'acquiescer. Elle avait raison. C'était rationnel et brillant. Pourtant, il lui semblait que plus rien dans leur situation n'était rationnel. Et il devait se rendre à l'évidence : il était terriblement attiré par Beau.

Alors, plutôt que de le nier, il ferait mieux d'en prendre le contrôle. Il n'était pas question de laisser ce désir l'envahir.

Et prendre le dessus au point qu'il en oublie ses objectifs. Il ne serait jamais comme les princes de sa famille.

Étape par étape, lui avait-il dit la nuit dernière.

Eh bien, c'était ainsi qu'il procéderait pour contrôler ce désir aussi puissant que surprenant.

Étape par étape.

6

Beau ignorait comment analyser ce qui s'était passé dans la bibliothèque. Lyon l'avait embrassée. Sans raison discernable. Hormis peut-être le fait qu'il en avait… envie ?

Elle devait admettre qu'elle ne s'était pas autorisée à imaginer que son mari puisse réellement la trouver attirante. Le plus grand espoir qu'elle s'était permis était celui qu'ils parviendraient à créer un partenariat fondé sur le respect mutuel.

Il lui semblait terriblement risqué de s'aventurer à penser autre chose, et pourtant il venait de *l'embrasser.*

Et à présent il la conduisait dans le couloir, en direction de leur chambre. Elle s'était dit que la deuxième nuit serait moins éprouvante, mais ce baiser changeait tout.

Ce n'était *plus* un simple frôlement des lèvres. C'était un *vrai* baiser.

Beau avait passé sa vie à lire des livres dans lesquels les héroïnes sentaient leurs jambes vaciller lorsqu'on les embrassait. Cela lui semblait impossible, physiologiquement. Pourtant, elle avait dû s'accrocher à Lyon pour ne pas tomber. Elle en avait eu le souffle coupé.

Il l'avait embrassée ? Non, plutôt dévorée. À présent, elle comprenait mieux les descriptions romanesques qu'elle avait lues, parce que…

Mon Dieu…

Lyon ouvrit la porte de leur suite et l'invita à entrer. Il y avait beaucoup de similitudes avec la scène de la veille. Beau portait encore une robe encombrante pour laquelle elle allait devoir demander de l'aide. Elle était terriblement nerveuse, mais son état n'était pas lié à la peur ou à la panique. Non, c'était beaucoup plus proche de l'anticipation.

Elle se sentait pleine d'une énergie qui lui donnait envie de crier ou de courir. Alors, elle traversa la chambre jusqu'à la grande fenêtre, qui donnait sur la nuit noire. La lune brillait derrière la cime des montagnes, partiellement masquée. Beau s'efforça de trouver un peu de calme dans la contemplation de ce paysage céleste. Ils s'étaient embrassés et elle avait trouvé cela merveilleux, soit. Mais il leur faudrait en faire beaucoup plus pour produire des petits héritiers, elle le savait parfaitement.

Elle devait donc cesser tout de suite de se comporter comme une idiote et de tout romancer. Le pire, c'est qu'elle lui avait bien précisé qu'elle n'avait pas une nature romantique. Ce qu'elle éprouvait n'était dû qu'à une réaction physique, une simple alchimie. Et c'était mieux, car cela rendrait la *procédure* moins gênante. Pas une seconde Beau ne pensait tomber un jour amoureuse de Lyon. Elle avait un esprit trop pratique, et surtout elle avait trop à cacher pour se permettre de croire à tout cela.

Alors pourquoi diable était-ce si effrayant ?

— Si tout se passe bien, nous irons passer le week-end dans notre chalet de vacances, annonça Lyon en se rapprochant d'elle. La presse parlera de *lune de miel*. C'est là-haut, ajouta-t-il en désignant les montagnes au loin.

— Est-ce aussi beau qu'ici ?

— Plus encore.

— Alors, j'espère que tout se passera bien, fit-elle en s'efforçant de lui adresser un sourire.

— Moi aussi, dit-il d'une voix grave sans la quitter des yeux.

Puis il resta silencieux, debout à côté d'elle. Pour une raison mystérieuse, sa robe lui sembla soudain trop encombrante, trop lourde. Beau ignorait comment aborder le sujet, compte tenu de ce qui venait de se passer dans la bibliothèque et de la façon dont il la regardait, mais elle restait néanmoins *elle-même*. Donc directe, peu importent les conséquences.

— Je vais encore avoir besoin d'aide pour me dévêtir.

Le regard de Lyon glissa lentement de son visage vers sa robe avant de remonter jusqu'à ses yeux.

Tout en la fixant, il dénoua lentement le nœud de sa cravate.

— Souhaitez-vous que je vous aide ici ou dans le dressing ?

— Mes vêtements sont là-bas, donc..., murmura-t-elle en faisant un geste en direction de la porte.

Mais Lyon ne bougea pas. Et elle non plus.

— Peut-être devrions-nous passer à l'étape trois, suggéra-t-il d'une voix rauque.

L'espace d'un instant, elle se demanda à quoi il faisait allusion. Puis elle se rappela leur discussion de la veille. Les *étapes* qui jalonneraient ce qu'ils avaient à faire ensemble.

— Trois ? bredouilla-t-elle, la gorge soudain sèche. Quelle était la deuxième ?

La bouche de Lyon se courba lentement. *Sensuellement*. Si bien que quelque chose sembla fondre en elle en réponse. Un désir, profond et ardent.

— L'étape une était un simple frôlement de nos lèvres. L'étape deux m'a permis de vous goûter.

Mon Dieu...

— Qu-quelle sera l'étape trois ?

Lyon ne répondit pas tout de suite, mais il ne donna pas l'impression de réfléchir à sa question. Non, il se contentait de... prolonger ce moment. Comme s'il le savourait.

Lorsqu'il reprit enfin la parole, sa voix était basse et contrôlée, mais la lueur qui brillait dans ses yeux lui rappela cet instant, dans la chapelle, où malgré son assurance rigide elle avait vu un éclair de folie passer dans son regard.

— Je veux vous voir.

Elle aurait pu faire semblant de ne pas comprendre ce qu'il voulait dire, mais elle le savait. Il voulait la voir nue.

— Pourrai-je vous voir, moi aussi ?

— Si vous le souhaitez, répondit-il.

— Cela me semble plus juste, parvint-elle à bredouiller d'une voix étranglée.

Lyon retira sa cravate et la posa sur le dossier d'une chaise avant de se tourner vers elle.

Beau sentit ses joues la brûler tandis qu'une tension s'enroulait au plus profond d'elle. Une flamme de chaleur naquit entre ses jambes, qui n'avait rien à voir avec les signes d'anxiété et de panique dont elle était coutumière.

Lyon dessina des cercles avec son index pour l'inviter à se retourner, afin qu'il puisse déboutonner la robe dans son dos. Elle obtempéra, légèrement tremblante.

Il effleura doucement sa nuque.

— Vous faites une très belle princesse, Beaugonia. *Beau.*

On ne l'avait jamais complimentée sur son apparence. En vérité, elle recevait très rarement des louanges. Seule Zia semblait voir ses qualités. Beau s'en moquait. Elle n'avait besoin de l'approbation de personne. Elle savait ce qu'elle était et qui elle était. Elle ne voulait pas dépendre de l'opinion des autres. Surtout, elle ne souhaitait pas devenir une version triste de sa mère, qui passait son temps à se lamenter pour obtenir ce qu'elle voulait.

Et pourtant ce compliment lui parut… merveilleux.

— Je suis ravie que vous le pensiez, répondit-elle.

Elle parvint à ne pas sursauter au contact des doigts de Lyon sur son cou, puis le long de son dos tandis qu'il dégrafait sa robe. Le souffle du prince caressait sa nuque. Cela lui parut durer une éternité, et soudain la robe s'affaissa et commença à glisser vers le sol.

Mais cette fois Beau ne la retint pas, bien que la pensée d'être dénudée devant lui la fasse trembler. Quand la robe s'immobilisa au niveau de ses hanches, Lyon tira doucement dessus pour qu'elle tombe complètement. En dessous, Beau ne portait que sa petite culotte et une paire de bas.

Sa robe en tas à ses pieds, elle se concentra sur sa respiration, comme quand elle sentait poindre une crise de panique. Inspirations prudentes et numérotées. Expirations lentes et contrôlées.

— Retournez-vous, Beau, ordonna-t-il d'une voix à la fois ferme et douce.

Elle aurait voulu lui faire remarquer qu'elle n'aimait pas les ordres mais, dans ce moment si étrange où elle n'était plus tout à fait elle-même, elle s'aperçut qu'être obéissante était exactement ce qu'elle voulait. Alors, elle se retourna en tremblant légèrement.

Lyon murmura quelque chose en italien, et elle fut presque certaine que c'était un compliment, étant donné l'éclat de son regard. Et elle se redressa, droite et fière.

L'air était froid sur sa peau nue, mais elle brûlait à l'intérieur. Malgré le besoin qu'elle ressentait de serrer les cuisses l'une contre l'autre pour apaiser le feu étrange qui ne la laissait pas en paix. Comment se protéger de cette tension inconnue ? De l'alchimie, de l'attirance, du désir. Quel que soit le mot, cela n'avait pas d'importance.

Elle devait trouver un moyen de le surmonter.

— Je pense que c'est à votre tour, parvint-elle à murmurer.

Lyon inclina la tête, puis il défit ses boutons de manchette, qu'il déposa sur un petit plat prévu à cet effet sur la table d'appoint. Il déboutonna ensuite sa chemise avec des gestes précis avant de la poser près de la cravate sur le dossier de la chaise. Pendant tout ce temps, pas une seconde ses yeux ne quittèrent le corps de Beau, comme s'il voulait s'imprégner le plus longtemps possible de cette vision. Partout où son regard brûlant se posait, elle se sentait marquée. Comme si chaque centimètre de sa peau avait été conçu pour qu'il le voie. Et le touche.

Mais il ne la toucha pas. Il resta hors de sa portée et défit la braguette de son pantalon avant de l'enlever à son tour.

Ils restèrent là à se contempler, quasiment nus.

Des étrangers. Mari et femme.

Beau ne s'était jamais retrouvée seule dans une chambre avec un homme, qui plus est en sous-vêtements. Si elle avait rêvé un jour d'un scénario comme celui-ci, elle y aurait ajouté des caresses. Des baisers. Un lit, peut-être, plutôt que de rester debout à se regarder, aussi essoufflés l'un que l'autre.

Et pourtant il y avait quelque chose d'exaltant dans cette tension croissante.

— Le diadème était une excellente idée, déclara enfin Lyon en brisant ce silence qui semblait s'étendre à l'infini.

Beau avait complètement oublié ce bijou, épinglé dans ses cheveux, et elle leva la main pour l'enlever.

— Laissez-le, exigea-t-il brusquement.

Son cœur fit un bond. Jamais il n'avait employé ce ton auparavant pour s'adresser à elle.

— Lyon..., murmura-t-elle en s'avançant vers lui.

Mais alors un changement s'opéra dans l'attitude du prince. Il recula et son visage se ferma.

— Je pense que cela sera suffisant pour ce soir, *tesoruccia.*

Beau le fixa, stupéfaite. Suffisant ? Mais elle... elle *palpitait.* Elle était presque nue. Tout près. Et il ne l'avait même pas touchée.

— Allez vous préparer pour dormir, reprit-il. La quatrième étape viendra bien assez tôt.

La quatrième étape ? Et si elle la voulait maintenant ?

Mais Lyon lui avait déjà tourné le dos, et tous ses sentiments exaltants et ses espoirs partirent en fumée. Beau savait qu'elle n'avait rien fait de mal. Elle était certaine que Lyon avait aimé ce qu'il avait vu d'elle, alors, qu'est-ce qui avait pu changer tout à coup ? Cela n'avait rien à voir avec elle. Cela venait de lui. Et, si le processus de produire des héritiers pour Lyon promettait à présent d'être intéressant et agréable, Beau n'était pas stupide au point de penser qu'il puisse y avoir aussi des sentiments entre eux. Elle alla donc s'habiller pour aller au lit, ainsi qu'il le lui avait ordonné.

Lyon ne se permettrait aucune erreur.

C'était pourquoi il avait mis fin à cette scène de manière aussi abrupte. Pour se prouver qu'il en était capable. Il passerait une autre nuit blanche au lit avec sa femme pour se punir d'être allé aussi près du précipice. Là où le désir l'emportait sur le bien et la raison.

Et, mon Dieu, comme il avait eu *envie* d'elle. Beau était si belle. Douce et dorée, comme un ange. Un être céleste, créé pour lui seul.

Non. Son unique devoir consistait à protéger Divio. À stabiliser son pays et à le réparer du tort que ses prédécesseurs lui avaient fait. Financièrement, en termes d'image, mais surtout en broyant la confiance qui régnait entre la monarchie et les citoyens.

Les anciens princes avaient fait passer leurs désirs égoïstes avant leur devoir. Sa grand-mère avait veillé à ce que Lyon le sache, pour qu'il agisse différemment. Pour regagner et conserver la confiance de son peuple. Et payer ainsi la dette que sa famille avait contractée envers le pays.

Il avait donc mis un terme à ce moment avec Beau et il avait repris le contrôle sur son désir. Peu importe à quel point la flamme qui le consumait était grande, il l'avait maîtrisée.

Quand il emmènerait Beau au lit, ce serait contrôlé. Il n'y aurait ni scandales, ni affaires sordides, ni chuchotements.

Le chalet royal leur autoriserait une certaine… intimité. Il pourrait régler tranquillement ses problèmes de… contrôle. Et lorsqu'ils retourneraient au château Lyon saurait comment gérer sa séduisante épouse.

Celle-ci se tournait et se retournait à côté de lui dans le lit. Il ne chercha pas à imaginer ce qu'elle pouvait ressentir, cela n'avait pas d'importance. Il resta donc allongé à fixer le plafond jusqu'à ce que l'obscurité cède place à l'aube et qu'il puisse se lever.

Il prit une douche, s'habilla et se dirigea vers son bureau. Alice lui apprit que la vidéo avait été un succès, ce qui lui permit de prendre les dispositions nécessaires pour organiser son week-end au chalet. Il commença à rassembler ce qu'il allait emporter durant leur séjour, et en premier lieu le roman d'amour qu'elle avait choisi pour lui la veille.

C'est alors que sa mère fit irruption dans son bureau sans être annoncée. Lyon ne prit pas la peine de la réprimander.

— Bonjour, mère. Avez-vous besoin de quelque chose avant notre départ pour le chalet ?

— C'est de cela que je suis venue te parler, annonça la comtesse. Je ne suis pas sûre que cette lune de miel soit une bonne idée.

— Notre séjour sera très court, précisa-t-il en glissant son ordinateur portable dans son sac.

— Es-tu sûr de vouloir passer du temps loin de chez toi alors que les gens pourraient inventer toutes sortes d'histoires à *son* sujet ?

Lyon s'immobilisa et leva les yeux vers sa mère. Elle avait un air particulièrement pincé et il nota la façon dédaigneuse qu'elle avait eue d'évoquer son épouse.

Il se rappela ce qu'avait dit Beau la veille, pensant que sa mère ne l'appréciait pas. La jeune femme avait vu juste. Et cela prouvait à nouveau ses qualités, car quoi de plus noble que de constater qu'on ne vous aime pas et de ne pas en faire une affaire ? En cet instant, il ne savait pas bien comment réagir avec sa mère. Ils s'étaient toujours entendus et ils partageaient les mêmes objectifs. Bien sûr, s'il y réfléchissait plus profondément, Lyon pouvait se rappeler quelques épisodes de son enfance où il s'était senti… enchaîné par ce devoir qu'on lui imposait. Mais il n'était qu'un enfant. Ces souvenirs étaient pénibles et il n'aimait pas les convoquer.

— Si l'on découvre quelque chose que nous ignorons, eh bien, nous nous en occuperons, déclara-t-il. Mais je doute fort que cela arrive. J'ai été très minutieux dans mon enquête sur les Rendall.

— Sur les Rendall. Pas sur elle en particulier.

— Mère…

— Je ne lui fais pas confiance.

Lyon écoutait souvent les opinions de sa mère au sujet des gens, mais il s'aperçut qu'il ne pouvait pas prendre en compte celle-ci. La comtesse était douée pour anticiper les menaces, en particulier dans un cadre politique. Mais Beau n'en était pas une. Elle était…

Eh bien, elle n'était pas une menace.

— Vous n'avez pas à le faire, mère. En revanche, vous devez *me* faire confiance. Et traiter votre princesse héritière avec le respect qui se doit.

L'expression de la comtesse se durcit.

— Très bien, *Votre Altesse,* lança-t-elle d'un ton pincé avant de quitter la pièce.

Lyon soupira. Il n'avait pas le temps d'arranger les choses avec sa mère. De plus, c'était elle qui avait agi de manière inappropriée. Cela ne devait pas être facile pour elle de perdre la place de « partenaire » qu'elle occupait à ses côtés jusqu'à présent. Maintenant, c'était Beau qui assurerait ce rôle.

Beau, qui était encore probablement endormie. Les joues rougies par la chaleur du lit et les cheveux ébouriffés. Elle avait revêtu un pyjama peu attrayant la veille au soir, mais cela n'avait pas effacé son souvenir d'elle, debout devant lui, couverte seulement de…

Lyon fourra le reste de ses affaires dans son sac d'un geste brusque avant de sortir de son bureau. Il éviterait tout simplement d'y penser. Il ferait comme si c'était un rêve qu'il avait vécu. Et si elle mentionnait cet épisode il refuserait d'en parler.

Il laissa cette certitude le guider jusqu'à leur chambre. Alors qu'il s'attendait à la trouver couchée, Beau était habillée et l'attendait, assise sur une chaise dans le salon, une tasse de café à la main. En le voyant entrer, elle leva brièvement les yeux du livre qu'elle tenait dans l'autre.

— Bonjour, dit-elle gentiment.

— Bonjour, répondit-il, puis il attendit.

Mais Beau retourna aussitôt à sa lecture en sirotant son café. Sa tenue était aussi parfaite que celle de la veille. Elle avait revêtu un pantalon ample en soie noire, ainsi qu'un pull légèrement moulant.

— Notre vidéo a été bien accueillie, annonça-t-il. Elle a été rediffusée par des chaînes d'information européennes. Il semble que les gens soient fascinés par notre histoire. Nous partons donc ce matin pour un week-end qui sera officiellement notre lune de miel.

Beau posa le livre qu'elle était en train de lire – la biographie familiale qu'il lui avait conseillée – puis elle leva le visage vers lui. Dans ses yeux noisette, il vit passer une tempête d'émotions qu'il ne sut définir. La jeune femme but une gorgée de café avant de hocher la tête.

— Dois-je faire mes valises ?

— Les domestiques s'en occuperont.

— Naturellement, fit-elle en se levant. Est-ce que nous partons maintenant ?

— D'ici quinze minutes.

Beau acquiesça de nouveau.

— Si cela ne vous dérange pas, j'aimerais emporter quelques livres de la bibliothèque.

— Bien sûr, fit-il en restant devant la porte. J'ai fait en sorte que notre personnel soit réduit au minimum durant notre séjour là-bas. Notre sécurité sera assurée mais, pour le reste, nous serons seuls dans le chalet. Intimité totale.

Le regard de Beau resta fixé sur lui, mais elle pencha la tête sur le côté, comme si elle l'étudiait.

— Pour l'étape numéro quatre ? demanda-t-elle.

Lyon ne savait toujours pas s'il adorait ou détestait la franchise de son épouse. Il ne s'y attendait pas toujours, car sur bien des aspects la jeune femme faisait preuve d'une grande timidité. Il était donc continuellement surpris, lui qui d'habitude avait les surprises en horreur.

Et pourtant sa manière directe de s'exprimer lui donnait toujours envie de sourire.

— Pour autant d'étapes que vous le voudrez, *tesoruccia.*

— Que veut dire ce mot, *tesoruccia* ? J'oublie toujours de regarder.

Pourquoi hésitait-il à répondre ? Après tout, il employait ce terme, alors il n'avait pas à se sentir *gêné.*

— Trésor.

Beau éclata de rire.

— Qu'y a-t-il de drôle ?

— L'idée que je sois une sorte de trophée… Jamais de ma vie, personne n'a…

Elle s'interrompit et secoua la tête. Comme à chaque fois qu'elle évoquait sa famille, il vit une lueur de tristesse passer dans son regard.

— La vérité c'est que, quoi que Zia ait pu faire et que vous ne souhaitiez pas divulguer, il est clair qu'elle ne comptait pas m'épouser. Le fait que vous soyez intervenue à sa place est d'une grande valeur pour moi, Beau.

La jeune femme cligna des yeux, et soudain son visage afficha une expression de douceur et de gentillesse qui le troubla plus qu'il ne l'aurait voulu.

— La seule personne de toute ma vie à avoir jamais ressenti cela est Zia.

— Dans ce cas, c'est une bonne chose que vous ayez fini par vous marier avec moi, répliqua-t-il.

Elle lui adressa un petit sourire timide, mais cela suffit à faire naître une vague de chaleur dans le cœur de Lyon. Comme s'il avait accompli un grand exploit en parvenant à faire en sorte que cela se produise.

Alors, il s'écarta pour qu'elle puisse aller chercher ses livres.

7

En arrivant sur le parking, Beau fut stupéfaite de voir Lyon s'installer lui-même au volant d'une jeep énorme. Elle le fixa un instant, interdite, jusqu'à ce qu'il la regarde à son tour en haussant un sourcil.

— Les princes ne conduisent pas à Lille ?

— Mon père prétend que c'est indigne de nous.

Lyon secoua la tête.

— Plus j'en apprends sur cet homme, plus il baisse dans mon estime, soupira-t-il. Eh bien, nous penserons à vous donner quelques leçons de conduite quand ce sera approprié. Mais pour ce qui est d'aujourd'hui je vais nous conduire au chalet. Allons-y.

Beau se dirigea d'un pas hésitant vers le siège passager, devant lequel un valet l'attendait. Il l'aida à monter avant de refermer la portière. Dès qu'elle fut attachée, Lyon démarra la voiture.

— Je ne crois pas avoir jamais été assise sur le siège passager d'une voiture avant aujourd'hui, déclara-t-elle.

— Ce sera donc la journée des premières fois, lança Lyon d'un ton léger.

Il semblait très décontracté au volant de cette machine monstrueuse. Beau, en revanche, était tendue. Pourtant, elle était déterminée à ne *pas* l'être. Lyon n'avait pas fait mention de la nuit dernière et elle s'était donc abstenue de le faire. Quand il avait évoqué l'intimité totale dans laquelle ils seraient plongés au chalet, elle avait cité les *étapes* pour qu'il se rende compte qu'elle comprenait bien ce qu'il attendait d'elle. Elle était exactement ce qu'elle avait promis d'être.

Facile à vivre. Respectable. Flexible.

Mais lorsqu'ils s'engagèrent sur des routes pentues et sinueuses elle découvrit qu'elle n'aimait pas *du tout* être assise sur le siège avant d'une voiture. Les montagnes qui lui avaient paru si jolies de loin lui semblaient à présent terriblement menaçantes.

— Comme je vous l'ai indiqué, nous serons seuls là-bas, déclara Lyon d'un ton désinvolte. J'aime bien imaginer mes séjours au chalet comme une sorte de... réinitialisation. Afin de me rappeler que je suis capable de faire des choses par moi-même. Savez-vous cuisiner, Beau ?

— En théorie, répondit-elle en s'efforçant de ne pas regarder en direction du précipice.

— Comment peut-on cuisiner *en théorie* ?

— J'ai lu de nombreux livres à ce sujet, mais je n'avais pas le droit de me rendre dans les cuisines du palais. J'aimerais beaucoup mettre en pratique ce que j'ai appris, ajouta-t-elle en regardant les mains de Lyon agrippées au volant. Je suis moins intéressée par les leçons de conduite.

— Pourquoi ?

— Vous ne vous sentez pas... hors de contrôle ?

— Au contraire, j'ai le sentiment de parfaitement maîtriser mon véhicule.

— Mais qu'en est-il des contraintes liées à la météo, aux autres voitures ou au Code de la route ? demanda-t-elle, prise d'angoisse à cette seule pensée.

Lyon lui jeta un regard perplexe.

— Peut-être que nous nous en tiendrons à la cuisine.

Beau hocha vigoureusement la tête.

— Je suis entièrement d'accord.

Le silence s'installa de nouveau et, voyant que les montagnes menaçaient de faire surgir une de ses crises de panique qu'elle tenait absolument à cacher à Lyon, Beau se jeta dans une nouvelle discussion au hasard.

— Je n'ai pas beaucoup de compétences dans la vie quotidienne, mais j'ai très envie d'en acquérir. Et j'ai des facilités pour apprendre.

Elle garda les yeux rivés sur le visage de Lyon plutôt que sur le paysage terrifiant qui les entourait.

— Je suis forte en maths et j'ai un talent particulier en informatique. Si vous saviez tout ce que j'ai pu obtenir en contournant la pathétique équipe de cybersécurité de mon père...

Lyon esquissa un sourire.

— Vous ne cessez de me surprendre, Beau.

— On m'a déjà fait cette remarque. Ce n'est jamais un compliment.

— Ça n'est pas une critique.

— Peut-être, mais ce n'est pas un compliment non plus.

Il ne répondit pas et garda une expression perplexe.

— Nous en avons pour quelques heures. Le trajet est magnifique, surtout quand on prend de l'altitude et que la neige est plus consistante.

Lyon lui jeta un coup d'œil et, en voyant son expression, il se hâta d'ajouter :

— Mais vous pouvez toujours faire une sieste, si vous préférez.

— Oui, je crois que je vais faire cela, répondit Beau en fermant aussitôt les yeux.

Elle ne dormirait pas, mais au moins elle n'aurait plus à regarder cette vue terrifiante. Et, les yeux clos, c'était plus facile de l'imaginer tel qu'il était la nuit dernière. Torse nu... grand, large et si fort.

Pourquoi s'était-il arrêté aussi brusquement ? Sans même la toucher, ni l'embrasser, alors qu'ils étaient presque nus ? Cela n'avait aucun sens.

Devait-elle le questionner à ce sujet ? Exiger de savoir ce qu'il pensait ? Ou bien se taire et se contenter de faire tout ce qu'il lui demandait ? Ce n'était pas ça qui l'aiderait à gérer son anxiété. D'autant plus qu'elle nourrissait quelques inquiétudes à propos de leur séjour. Celles-ci n'étaient pas liées à la question de l'intimité, ni même à la crainte qu'il ne la repousse à nouveau. Non, Beau se disait simplement que dans un espace plus étroit elle aurait du mal à se cacher si une de ses crises de panique survenait. Bien sûr, ces dernières étaient moins fréquentes avec les années. Grâce à ce qu'elle avait appris sur les différents mécanismes d'adaptation, Beau savait en partie les gérer.

Une crise apparaissait encore souvent lorsqu'elle se confrontait à son père. C'était arrivé quelques jours avant, lorsque la famille était allée rendre visite à Zia chez Christhian. Elle espérait donc qu'un tel accident ne se reproduirait pas avant plusieurs semaines. Mais le fait d'y penser la stressait. Il fallait donc qu'elle se concentre sur autre chose que ce chalet.

Et, même si elle aurait aimé discuter avec Lyon de ce qui s'était produit la veille au soir, elle n'était pas certaine que ce soit une bonne idée.

— J'ai commencé à lire votre biographie familiale, mais elle ne fait pas mention de votre père...

— Il n'était pas de Divio et le livre se concentre sur les lignées royales du pays.

Sans doute cela avait-il du sens, mais elle n'avait pu s'empêcher de se sentir désolée pour ce pauvre homme qui n'avait eu droit qu'à deux lignes dans l'ouvrage.

— Vous souvenez-vous de lui ?

— Non.

Logique. Selon ses calculs, Lyon n'avait que deux ans à sa mort. Quant à son grand-père, il était mort avant sa naissance. En revanche, Lyon avait eu une flopée d'oncles, de grands-oncles et de cousins plus âgés. Tous étaient devenus princes héritiers, mais jamais longtemps. Beau savait que c'était pour cela que Lyon mettait la barre si haut en termes de règles et de respect de la monarchie. Il ne voulait pas connaître le sort funeste de ses prédécesseurs. Ce qu'elle ignorait en revanche, c'était si quelqu'un avait joué le rôle de *père* dans sa vie. De son côté, elle n'avait pas eu cette chance.

— Un de vos oncles a-t-il eu un rôle paternel durant votre enfance ?

Lyon fronça les sourcils.

— Quel est l'intérêt de ces questions étranges, Beau ?

— Je pense à nos futurs enfants. Vous voyez, je n'ai pas eu le meilleur exemple de parents qui soit. Mais je me dis qu'en quelque sorte ce modèle pourra me servir. Car il me suffira de faire exactement le contraire avec mes enfants. De votre côté, vous n'avez reçu aucun exemple.

— Quelle gentille façon de le présenter, répliqua-t-il d'un ton sec.

Elle grimaça.

— Pardonnez-moi. Je voulais seulement dire que...

— Que je n'ai pas eu de modèle paternel, coupa-t-il, mais cette fois son ton n'était pas sec.

Simplement neutre.

— J'ai eu ma mère et ma grand-mère, reprit Lyon. Toutes deux étaient des femmes incroyablement fortes. Elles m'ont élevé en me faisant comprendre l'importance de mon rôle. Elles savaient, bien avant moi, que la couronne de Divio me reviendrait un jour.

— Comment pouvaient-elles le savoir ? Tant de monde vous a précédé.

— Les frères de ma grand-mère étaient de parfaits imbéciles. Leurs enfants ne valaient guère mieux et ainsi de suite. Tous leurs héritiers mâles sont morts jeunes, ou bien ils ont mené des vies dissolues qui les ont conduits à abdiquer. Ma grand-mère a toujours su que je serais le dernier espoir de la monarchie pour éviter une révolution.

Quelle étrange responsabilité à confier à un petit-fils. Beau trouvait cruel de préparer quelqu'un depuis sa naissance à prendre la relève. Mais c'était sans doute pour cela que Lyon se montrait aussi bon dans ce rôle. C'était lié à tout ce qu'il avait appris. Aux responsabilités qu'on lui avait imposées et qui étaient désormais les siennes.

— Vous craignez que cela arrive, n'est-ce pas ? C'est pourquoi vous êtes si préoccupé par les... apparences et la stabilité.

Que penserait-il d'une femme qui s'effondrerait en tremblant dans une crise de panique ?

— Je n'ai pas peur, répondit Lyon en s'engageant dans un lacet étroit comme si de rien n'était. C'est plus une préoccupation. Mais je suis bien armé pour gérer le Parlement.

Elle n'en doutait pas. Cet homme semblait infiniment capable de tout gérer.

Même toi ?

Lyon l'intriguait. Ce n'était pas seulement lié à son aura de monarque, ni au charisme qui émanait de lui et qui faisait que lorsqu'il entrait dans une pièce tout le monde se tournait vers lui avec déférence. C'était surtout sa gentillesse qui déconcertait Beau. Car, si Lyon était gentil, ferait-il preuve de cruauté en apprenant qu'elle était sujette aux crises de panique ? Elle préférait l'imaginer, pour continuer à se protéger. Mais un petit fragment de son esprit pensait parfois : *Et si ?*

— Certains membres du Parlement ont encouragé les frasques de mes prédécesseurs, poursuivit Lyon d'une voix sombre. Ils tenteront de me faire échouer.

— Pourquoi le feraient-ils ? Ne souhaitent-ils pas une monarchie stable ?

— Vous seriez surprise d'apprendre à quoi certains hommes sont prêts pour obtenir le pouvoir, fit-il d'un ton grave. Ils cherchent avant tout à s'enrichir. Cela les arrange bien d'avoir un monarque trop imbibé d'alcool ou occupé à courir après les femmes pour remarquer que l'argent des caisses ne va pas où il devrait aller.

— Et vous ?

— Quoi, moi ?

— Que souhaitez-vous, sinon le pouvoir ? En tant que prince héritier, vous l'avez.

— Oui, mais c'est aussi une responsabilité. Je ne le gaspillerai pas comme ma famille l'a fait avant moi. Je me soucie de mon pays. Je n'exercerai mon pouvoir que dans la mesure où il sert nos citoyens. C'est mon seul et unique objectif.

Beau resta songeuse quelques instants. Son père tiendrait-il un tel discours ? En surface, peut-être. Le pays d'abord. Le devoir avant tout, au risque d'écraser une épouse frileuse et des jumelles rebelles.

Mais au fond elle n'était pas certaine que le roi Rendall ait jamais considéré son rôle comme une *responsabilité.* Plutôt comme un privilège de naissance. Un *dû.*

Qu'importe que Lyon ressemble ou non à son père. Elle avait accepté de l'épouser et à présent elle devrait vivre avec lui, qu'il soit un monstre ou pas. Jusqu'à présent, il s'était révélé... intéressant, déroutant, mais certainement pas monstrueux.

— Personne n'a songé à changer la loi pour permettre aux femmes d'endosser ce rôle ? demanda Beau en commettant l'erreur de regarder par la fenêtre.

Comment pouvait-il y avoir autant de ciel alors qu'ils étaient sur une *route* ? Elle baissa immédiatement les yeux vers ses genoux.

— Aucune résolution n'a jamais été proposée, mais je compte le faire.

— Vraiment ?

— Oui, quand le moment sera venu. Divio doit s'adapter au monde moderne, mais chaque chose en son temps. D'abord, il convient de rendre au peuple ce dont il a été privé depuis tant d'années. Un prince respectable et sûr de lui.

Beau hocha la tête. Cela avait du sens. Lyon avait des plans précis pour la vie qu'il comptait mener. Une vie qui l'incluait désormais. Elle lui aurait bien posé d'autres questions, mais la voiture fit soudain halte.

Beau regarda avec précaution à travers le pare-brise. Elle vit beaucoup de ciel bleu, une montagne terrifiante, mais aucune trace d'un chalet.

— Pourquoi nous arrêtons-nous ? Il y a un problème ?

— Vous êtes en sécurité, Beau, dit Lyon en lui serrant la main. Je veux vous montrer quelque chose.

Sur ces mots, il sortit de la voiture et la contourna pour venir ouvrir sa portière. Il était en plein milieu de la route et cela lui sembla follement imprudent.

— Venez, reprit-il en tendant la main.

Elle eut envie de refuser. Mais il y avait dans les ordres que lui donnait Lyon une mystérieuse impulsion qui lui donnait envie de lui obéir. Alors elle prit sa main et sortit de la voiture. Lyon passa un bras autour de sa taille, car le bas-côté de la route était glissant. Elle s'aperçut alors qu'ils n'étaient pas au bord d'un précipice, mais sur un petit parking qui se trouvait face à une balustrade en fer forgé vers laquelle ils s'avancèrent.

Au-delà d'eux il y avait le ciel, les nuages et les montagnes, et en contrebas quelques petits villages dont les cheminées fumaient. Ce paysage magnifique était si idyllique qu'on aurait dit une peinture. Pas tout à fait réel et pourtant là, devant ses yeux écarquillés.

Beau fut soudain prise d'une sensation vertigineuse et son cœur bondit de joie.

— Lyon...

— C'est beau, n'est-ce pas ?

— Je...

Elle était à court de mots, troublée par son bras enroulé autour de sa taille et sa présence dans son dos, qui formait un mur de chaleur bienfaisant.

— Il y a plus de beautés à découvrir, une fois que nous serons arrivés. Je vous promets que l'inconfort du voyage en vaut la peine.

Beau réussit à détacher son regard des villages en contrebas pour le regarder par-dessus son épaule. Lyon avait dit cela pour la réconforter et elle ne savait comment réagir. Seule Zia s'était comportée ainsi avec elle jusqu'à présent dans sa vie. Mais là c'était différent. Lyon ne la *protégeait* pas comme le faisait sa sœur. Il lui offrait simplement une marque de gentillesse. Son cœur déborda d'émotion et ses yeux s'emplirent de larmes. Mais elle parvint à lui sourire.

— Dans ce cas, je suppose que nous devrions reprendre la route, murmura-t-elle.

Les angoisses de Beau n'avaient pas complètement disparu, ainsi que Lyon l'avait espéré en lui montrant le joli belvédère, mais elle supporta le reste du trajet avec courage.

C'est sans doute pour cela qu'il avait décidé de faire cette pause. Le courage face à l'inconfort méritait bien une petite récompense. Souvent, la gentillesse était la meilleure façon d'aider quelqu'un à affronter ses responsabilités. En tant que couple dirigeant du royaume de Divio, ils devraient faire face à de nombreux défis au cours des années à venir. Si Beau les affrontait avec la même détermination, il n'avait pas à s'inquiéter pour leur réussite.

Lorsqu'ils arrivèrent aux portes du domaine, Lyon ralentit et la jeune femme s'autorisa enfin à regarder par la fenêtre. Elle émit un doux murmure d'appréciation.

Il aimait ses réactions. Hormis sa peur des trajets en montagne, tout semblait l'enchanter. Il fit halte et sortit de la voiture avant de se diriger vers sa portière. Les quelques domestiques qu'il gardait au chalet devaient avoir déballé leurs affaires, rempli le réfrigérateur et le garde-manger avant de s'en aller, comme cela était prévu.

Ils étaient donc entièrement seuls.

— Je n'ai jamais rien vu d'aussi beau ! s'exclama joyeusement la jeune femme tandis qu'ils cheminaient bras dessus, bras dessous en direction du chalet.

— Dites-vous cela parce que vous êtes soulagée de ne plus être dans la voiture ?

— Non, fit-elle en riant. Mais ça aide.

— Je suis déjà allé à Lille, reprit Lyon. Ce n'est pas vilain non plus.

— Mon pays est beau, mais je n'ai pratiquement vu que cela de toute ma vie. C'est si excitant de découvrir un autre genre de beauté.

— Je ne comprends pas pourquoi vous étiez si protégée, Beau. Tout cela à cause d'une anxiété pendant l'enfance…

La jeune femme se raidit un peu, mais elle continua à avancer.

— C'est pourtant facile à comprendre. Mon père ne voulait pas risquer d'être perçu comme faible et une fille qui ne se comportait pas comme elle le devait, qui était timide ou terrorisée, était certainement un signe de faiblesse.

Il fronça les sourcils et baissa les yeux vers elle alors qu'il arrivait devant la porte.

— J'ai besoin d'être vu comme stable et fiable, Beau. Pas comme *fort.*

Elle l'étudia avec gravité et il eut le sentiment que ses yeux s'obscurcissaient.

— Votre pays pourrait-il dépendre d'une princesse qui se met à pleurer dès qu'il y a trop de foule, ou à trembler comme une feuille parce qu'elle doit s'adresser à des gens et que cela la met mal à l'aise ?

Bien sûr, ce serait un… souci. Un défi à surmonter aussi, sans doute. Mais ce n'était pas vraiment un problème.

— Mais ce n'est plus vous ! s'exclama-t-il. Je le sais, parce que je vous ai vue au dîner hier soir. Vous étiez merveilleuse.

— Je sais gérer une foule, ces temps-ci, lança-t-elle avant de faire un geste en direction de la porte. Et si vous me montriez le chalet ?

Il n'apprécia pas qu'elle change de sujet. Cela semblait plus important que ce qu'elle voulait montrer. Mais pour quelle raison ? Manifestement, elle n'était plus en proie à ces vieilles angoisses. Elle avait géré le mariage, le dîner et la séance vidéo avec un aplomb formidable. Elle était même parvenue à surmonter sa nervosité durant le trajet en voiture. Lyon savait ce que cela signifiait de devoir gérer son anxiété. Cette histoire était donc… sans objet.

Il ouvrit la porte du chalet et il lui fit signe d'entrer. C'était un vaste espace ouvert et aéré, orné de grandes fenêtres qui offraient une vue panoramique sur la vallée. Chaque pièce était équipée d'une cheminée et le salon était pourvu de canapés confortables et de couvertures moelleuses pour supporter les nuits froides.

Beau s'avança jusqu'à une fenêtre pour contempler la vue spectaculaire.

— Mon Dieu, je ne pensais pas me trouver un jour face à une vue plus belle que celle de tout à l'heure, mais vous aviez raison. C'est encore plus magnifique, ici.

Il n'y avait pas de villages en contrebas. Seulement des montagnes, des vallées et des lacs alpins scintillant comme des diamants au soleil. Lyon avait toujours aimé ce lieu. Il ne pouvait plus venir autant qu'il le souhaitait, maintenant qu'il était prince héritier. Mais à chacune de ses visites il se sentait revigoré. C'était la première fois qu'il amenait quelqu'un dans son sanctuaire *privé*. Ici, il pouvait mettre au clair ses pensées, en toute intimité. Mais il supposait qu'il n'aurait plus d'intimité à présent. Une épouse. Et bientôt des enfants. Il les amènerait tous ici et...

Les plans qu'il avait prévus prenaient forme. Ses enfants seraient des personnes à part, comme Beau l'était. Ils auraient leurs propres désirs, leurs caprices et leurs peurs irrationnelles, issus d'une combinaison de leurs gènes à tous deux.

Beau avec ses yeux noisette et son sourire timide. Qui, d'ailleurs, ne l'était pas en ce moment. Elle se tourna pour le regarder et il la trouva rayonnante. Magnifique. Mais il resta près de la porte d'entrée, hors de portée, car il ne faisait confiance à aucune des tempêtes qui menaçaient de se lever en lui. Le désir, pas seulement de poser sa bouche sur la sienne, mais d'explorer chaque centimètre de son corps. De la toucher. Et de la prendre. Oui, la prendre enfin.

Lorsqu'il l'avait enlacée au belvédère, il avait ressenti un sentiment de paix tel qu'il n'en avait jamais connu. Quand elle lui souriait, il sentait naître en lui un désir sombre et tourbillonnant, mêlé à quelque chose d'infiniment doux et incompréhensible. Et il se méfiait des émotions entremêlées, car elles étaient insolubles. Il devait les mettre de côté dans son esprit, jusqu'à ce qu'il soit capable de les analyser précisément et de les ranger dans des compartiments réservés à la réaction appropriée.

— Nous devrions manger quelque chose, déclara-t-il soudain.

Il entreprit alors de la guider dans la cuisine tout en lui parlant de tout et n'importe quoi pour s'empêcher de penser à elle.

— Demain, nous partirons en randonnée, annonça-t-il.

— Ça me semble formidable, répondit Beau avant qu'un silence pesant ne s'installe.

C'était assez nouveau pour eux. Jusqu'ici, tout s'était avéré facile. Lorsqu'il était sur le point de commettre une erreur, il lui suffisait de reculer d'un pas. Ici, il n'y avait nulle part où aller. Ils auraient mieux fait de rester au palais.

Lyon l'avait amenée au chalet pour en finir. Pour éloigner Beau des regards indiscrets et des chuchotements. Pour ne plus avoir à s'inquiéter de… lui-même.

Mais il devait admettre qu'il était inquiet. Il se força à manger, ignorant le silence oppressant qui s'étirait entre eux. Quand ils eurent terminé leur repas, il débarrassa la table et Beau le suivit.

— Je sais aussi faire la vaisselle, murmura-t-elle. En théorie.

Il sourit malgré lui. Elle était si adorable.

— Mettons cette théorie en pratique, proposa-t-il en lui indiquant le lave-vaisselle.

Il lui demanda de rincer les assiettes, puis de les lui passer afin qu'il les dispose dans la machine en lui montrant comment le faire. Mais cette activité les rapprochait. Ils étaient côte à côte et il ne pouvait ignorer sa présence et son parfum légèrement floral.

Lorsque Beau lui tendit le dernier plat, il fut sur le point de proposer à la jeune femme d'aller se reposer chacun de son côté une heure ou deux, mais aucun son ne sortit de sa bouche.

Ils restèrent face à face. Et il pensa à sa peau pâle sous ses vêtements. À la manière dont ses joues avaient rosi quand elle l'avait contemplé torse nu.

Beau leva les yeux vers lui. Il ferait bien de lui décrire la façon dont la nuit allait se dérouler et les règles qu'il établirait. *Ensuite*, ils pourraient se rendre dans la chambre et procéder comme prévu, de manière contrôlée, pour concevoir un héritier. Et en *finir* avec cette histoire.

Mais elle se pencha vers lui et, après une légère hésitation, glissa les mains autour de son cou. Elle se hissa sur la pointe des pieds et pressa sa bouche contre la sienne, dans un baiser doux et sucré.

Ce contact fit naître en lui un incendie qui n'avait plus rien de doux. Parce qu'il n'y avait jamais rien eu de tendre ni de doux en lui. Il était du même sang que cette lignée d'hommes qui l'avait précédé. Sa grand-mère s'était efforcée de le convaincre qu'il était différent d'eux, mais elle se trompait.

Car ce que Lyon désirait était tout aussi mauvais que ce qu'ils désiraient. La seule chose qui les différenciait, c'était sa maîtrise du contrôle. Un contrôle qui n'avait jamais été aussi mis à mal qu'en cet instant. Que cette femme soit son épouse ou non, elle était vierge et innocente. Ce qui aurait dû suffire à calmer ses ardeurs animales. Et pourtant il ne pensait qu'à une chose, arracher ses vêtements et la prendre brutalement, contre le comptoir de la cuisine.

Sans pouvoir s'en empêcher, il approfondit son baiser en enfouissant la main dans ses cheveux.

Plus chaud.

Plus passionné.

Jusqu'à ce qu'elle se retrouve pressée contre l'îlot central. Il pourrait la soulever et la posséder. Ici. Maintenant. Cette tension insupportable disparaîtrait. Il serait soulagé. Il commettrait une erreur, mais il pourrait la réparer. Et il le ferait. Ou bien, cela ouvrirait la porte à un désir insatiable et il serait alors condamné à la même vie dissolue que tous les hommes de sa lignée.

Il ne succomberait pas. Il ne pouvait pas se le permettre.

Alors il s'écarta d'elle. Pour se prouver qu'il en était capable. Ce soir, il la toucherait. Mais ce serait… dans leur chambre.

De manière appropriée. Avec précaution. Pas comme une bête sauvage dans la cuisine.

Beau fronça les sourcils en l'étudiant attentivement. Comme si elle voyait clair en lui.

— Pourquoi vous retenir alors que nous savons tous deux comment cette histoire va finir ? Alors que vous trouvez cela plutôt… plaisant si je ne me trompe.

— J'ai suggéré de procéder par étapes pour une raison, Beau, déclara-t-il en s'efforçant de ne pas paraître trop dur.

— Laquelle ? demanda-t-elle.

Elle le mettait vraiment à l'épreuve. Mais il était déterminé à tenir bon.

— Vous êtes vierge. Vous avez été protégée toute votre vie, vous l'avez dit vous-même. Se précipiter serait... imprudent. Et cela pourrait engendrer des malentendus. Parfois, les gens se mettent à croire en des sentiments qui ne sont pas... exacts ou appropriés.

Son explication ne sembla pas l'apaiser, car Beau lui lança un regard noir en croisant les bras sur sa poitrine.

— Vous pensez que si nous couchons ensemble je vais... miraculeusement tomber amoureuse de vous ? Que je serai tellement bouleversée par cette expérience que j'en oublierai que j'ai une cervelle, dotée de raison ?

— Non mais...

— Mais ! Mais !

Sa bouche s'ouvrit d'indignation et ses joues rougirent de colère, ce qui fit monter son désir d'un cran.

— Je ne veux pas me battre avec vous, fit-il, les dents serrées.

— Alors cessez de vous comporter comme un idiot.

Elle cligna des yeux, comme si elle comprenait avec retard ce qu'elle venait de dire. Manifestement, elle était désolée. Mais elle ne s'excusa pas pour autant, alors qu'elle aurait dû le faire. Sans doute est-ce pour cette raison qu'il ne laissa pas tomber. Et un feu s'empara de lui, alors même qu'il lui avait déclaré ne pas vouloir se battre avec elle.

— Tu voudrais que je te prenne sauvagement ici, sur le comptoir de la cuisine ? gronda-t-il.

Elle releva le menton en lui lançant un regard de défi.

— Plutôt que de subir ces montagnes russes d'émotions ? Plutôt que de me rendre folle de désir avant de me repousser d'une façon glaciale ? Oui, je préfère la version sauvage.

Éloigne-toi.

La voix de la raison résonnait toujours dans sa tête, mais Lyon n'avait pas envie de l'écouter. Il allait montrer à Beau ce qu'il en était. Il lui ferait peur. Pour qu'elle comprenne. Et qu'elle arrête.

Alors, il céda au désir sombre et tortueux qui le torturait et il serra fermement ses cheveux dans sa main, pour qu'elle ne puisse plus bouger. Elle était à sa merci. À lui.

Et il écrasa sa bouche contre la sienne, entrechoquant ses dents aux siennes dans un baiser brutal, exigeant. Sa main empoignant toujours ses cheveux. Il ne lui fit aucun quartier, ne lui offrit aucune douceur. Il ne fit que prendre et prendre encore, jusqu'à ce qu'une sonnette d'alarme retentisse à nouveau dans son esprit. Il s'écarta de sa bouche en la gardant collée contre lui, car il ne parvenait pas à mettre de la distance entre la douce chaleur de son corps et le sien.

— Il y a des parties de moi que je préfère tenir en laisse, *tesoruccia*, dit-il sans la quitter des yeux.

Elle soutint son regard, essoufflée et tremblante.

— Tu n'es pas un chien, Lyon, murmura-t-elle.

Pourtant, il se sentait comme tel, même lorsqu'elle fit glisser sa main sur sa joue, comme pour tenter d'apprivoiser la bête sauvage qu'il prétendait être.

— Tu serais surprise, dit-il. Ce que je veux, ce que j'aime, n'est pas adapté au prince que je dois être, mais c'est là quand même.

Elle avait dû comprendre la leçon à présent.

Il parvint à desserrer les doigts de ses cheveux emmêlés et il tenta de s'écarter d'elle, mais alors Beau s'agrippa à sa chemise de toutes ses forces.

8

Beau n'avait pas voulu le traiter d'idiot. Elle n'avait pas envie de se battre avec Lyon. Ce n'était pas ainsi qu'une princesse dévouée devait se comporter.

Mais, si c'était cela sa punition, elle était prête à se bagarrer encore avec lui. La façon dont il l'avait embrassée l'avait fait se sentir vivante pour la première fois de sa vie, alors elle voulait recevoir ce châtiment.

Elle le regarda, les poings serrés dans sa chemise pour ne pas qu'il s'éloigne, et dans ses yeux elle vit passer une émotion qu'elle ne comprit pas, mais qu'elle souhaitait comprendre. Une souffrance qu'elle voulait apaiser.

Mais pas avec des mots doux ni avec des caresses. Elle voulait cette sauvagerie qu'il lui offrait. Parce qu'elle n'avait jamais eu la possibilité d'obéir à ses impulsions. Elle avait vécu dans l'ombre, dans des pièces fermées à clé.

Maintenant, Beau était... libre, et elle voulait l'insouciance que cela supposait.

Elle attira Lyon plus près d'elle et elle posa la bouche contre son oreille.

— Montre-moi, souffla-t-elle.

Il émit un son proche d'un grognement, puis il tendit la main et, d'un coup sec, il tira sur son pantalon pour le faire glisser au sol avant de lui *arracher* sa culotte d'un geste brusque.

Elle eut un halètement et un frisson délicieux la parcourut.

Voilà, c'était *ça*, la sauvagerie qu'elle avait aperçue dans son regard. Et qu'il *tenait en laisse*, ainsi qu'il l'avait déclaré. Elle aurait dû avoir peur à l'idée qu'il *libère* ce monstre, c'est certain. Mais en réalité elle était… excitée.

Et elle avait envie de voir où tout cela la mènerait.

Puis, sans préambule, Lyon posa sa main rugueuse et large entre ses cuisses avant de glisser un doigt profondément en elle. Elle sentit un gémissement rauque lui échapper tandis que la respiration de Lyon lui faisait l'effet d'une bombe prête à exploser. Il commença à la caresser lentement mais sûrement avec son doigt, trouvant naturellement le point le plus sensible de son sexe, et elle eut le sentiment de s'embraser.

— Petite Beaugonia, murmura-t-il. Si mûre et si douce.

Il la touchait intimement, faisant naître des ondes de plaisir croissant qui se transformaient en un besoin intense et impérieux.

— Tu ne sais pas dans quoi tu t'embarques, mais tu en as envie, n'est-ce pas ?

Elle était incapable de parler. Elle avait le sentiment de se consumer, de brûler. Ses seins étaient lourds et sensibles. Elle aurait voulu bouger, s'écarter, mais il refusait de la laisser faire.

Puis il s'écarta. Mais pas comme avant, non. Ses yeux lançaient à présent des flammes noires. Et ses lèvres sensuelles étaient courbées en un sourire de prédateur dangereux.

Il lui retira son pull, puis il posa les mains sur sa taille et il la souleva pour la déposer sur le comptoir de la cuisine.

La bête sauvage se débarrassait de ses chaînes. Et maintenant il était à elle.

Il serait *à elle.*

Lyon abaissa brusquement son soutien-gorge sans le lui enlever si bien que ses seins étaient dénudés mais pas libres. Il se pencha et effleura un mamelon d'un pouce, provoquant en elle un nouveau halètement de surprise, car elle n'imaginait pas pouvoir ressentir un tel plaisir. L'expression de Lyon s'assombrit et il frotta plus fort le téton durci, la taquinant sans relâche jusqu'à ce qu'elle se tortille. Et qu'elle se sente totalement... désespérée. Elle voulait que ses mains reviennent sur elle. Elle le voulait en elle, parce qu'elle devinait que c'était le seul remède au mal dont elle souffrait.

— Lyon, gémit-elle, à bout de souffle. J'ai besoin... j'ai besoin...

— Oui. J'aime la façon dont tu prononces mon nom. Comme si tu me suppliais. Je veux t'entendre me supplier, Beaugonia. Me supplier. Encore et encore.

Supplier. Ce n'était pas quelque chose qu'elle faisait. Et pourtant... Toutes ces déterminations anciennes lui semblaient futiles, comparativement à la proximité de ce plaisir inconnu et à la puissance de ce qu'elle éprouvait. Une sensation qu'elle n'aurait pas pu obtenir d'elle-même. Seul *lui* pouvait la créer.

— Lyon, je t'en prie...

Il eut un rire sombre et tranchant, qui résonna en elle comme un frisson exquis. Puis ses mains remontèrent le long de ses cuisses avant de les écarter. Elle était totalement nue face à lui, étendue sur le comptoir de la cuisine. Il la tira jusqu'au bord avec sur le visage une expression sombre et sauvage.

— Mon banquet. Mon festin. As-tu un goût aussi sucré que tu en as l'air ?

Ses mots étaient *choquants,* tout comme ce qui lui arrivait et pourtant... cela lui plaisait infiniment. Beau savait qu'elle aurait dû ressentir de la honte, mais en réalité elle en voulait plus.

Et c'est ce qu'elle eut, lorsqu'il enfouit la tête entre ses jambes tout en plaquant ses larges paumes contre ses cuisses pour les écarter. Il plongea la bouche et la langue dans son sexe et il se mit à la sucer, à la lécher et à la dévorer. Un chaos de sensations tourbillonnantes s'empara d'elle. Elle n'arrivait plus à reprendre son souffle. Puis, ce fut comme si tout en elle implosait et elle hurla tandis qu'un orgasme la projetait dans un univers inconnu, transformant chaque centimètre de son corps en un feu de plaisir et de joie. Jusqu'à ce qu'elle s'effondre, vaincue. Mais Lyon la rattrapa et elle se redressa sur le comptoir, le front appuyé contre son épaule, luttant pour reprendre son souffle et agitée de petits spasmes.

Mais ce n'était pas comme une crise de panique ou de peur. Elle avait envie de rire. Et surtout elle en voulait encore.

— Tu en as eu assez, Beau ? demanda-t-il.

— Non, non, Lyon, supplia-t-elle. Nous devons...

Elle leva les yeux et croisa son regard. Tout son corps semblait tendu, comme s'il se retenait. Elle ne voulait pas qu'il se retienne. Elle voulait tout de lui. Alors, sans le quitter des yeux, elle défit lentement les boutons de sa chemise avant de la lui enlever. Elle fit glisser ses mains sur son torse, comme pour l'explorer. Et pendant tout ce temps elle étudiait son regard de bête sauvage, qui devenait de plus en plus féroce, sa mâchoire plus tendue et ses doigts pressés plus fermement contre sa taille nue.

Sa main caressa lentement la toison brune de son torse avant de descendre jusqu'à sa braguette. Elle ouvrit la fermeture Éclair et descendit son pantalon et son boxer aussi bas qu'elle le put, assise sur le comptoir.

Elle ne laissa pas le stress l'envahir. Comme pour la cuisine, elle savait *en théorie* comment faire. Elle avait lu une foule de livres à ce sujet. Il suffisait de mettre en pratique. Alors elle tendit la main et le toucha. Puis elle enroula les doigts autour de son sexe en érection.

Et elle gémit en rythme avec lui. Elle ne comprenait pas pourquoi, mais le simple fait de tenir son membre gonflé et dur dans la main lui procurait déjà du plaisir. Et c'est ce qu'elle voulait. Tout.

— Prends-moi, Lyon. Fais-moi tienne.

Alors, elle vit sous ses yeux le dernier fil de contrôle auquel il s'accrochait se briser.

— Très bien, grogna-t-il.

Elle voulait à nouveau ressentir cet orgasme sauvage et vertigineux, mais cette fois elle voulait qu'il soit *en elle*. Entièrement.

— Tu risques d'avoir mal.

Elle eut envie de rejeter la tête en arrière et de rire. Elle savait que c'était vrai, mais elle avait le sentiment que plus rien ne pourrait la blesser. Pas avec tout ce que cela produisait dans son être. De la faiblesse et de la force. Une joie et une beauté telles qu'elle eut soudain envie de pleurer. Ça risquait de lui faire mal ? Quelle importance…

Lyon plongea les yeux dans les siens tandis que leurs souffles courts se mêlaient et, lentement mais sûrement, il commença à la pénétrer. C'était une sensation extraordinaire. Pas exactement une douleur, mais une impression d'expansion, de pression. Il s'enfonça, centimètre par centimètre. Elle n'était pas sûre de respirer, mais elle le regardait. Et il la regarda. Jusqu'à ce qu'ils ne fassent plus qu'un. Et que l'inconfort lui semble secondaire par rapport à tout le reste. Ces sensations qui se déchaînaient en elle comme une tempête.

Puis il commença à bouger et un nouveau monde s'ouvrit à elle. Un univers composé seulement d'eux deux et qui était absolument merveilleux, unique et exaltant. Plus rien d'autre n'avait d'importance que leurs corps imbriqués l'un dans l'autre qui bougeaient ensemble et partageaient ces sensations uniques. Plus rien d'autre n'existait qu'eux. Il n'y avait plus de palais, plus de montagnes ni de couronne. Juste l'exquise friction de leurs deux corps.

Jusqu'à ce que cette harmonie soit dévastée par une explosion sismique qui emporta tous ses sens au passage, et elle cria son nom en se tendant. Lyon l'embrassa dans le cou et sur la poitrine, puis sa bouche fusionna avec la sienne et son plaisir remonta comme une fusée jusqu'à ce qu'elle explose à nouveau dans ses bras en sanglotant. À peine la tension était-elle retombée que Lyon agrippa plus fermement ses hanches et reprit ses va-et-vient en elle, plus forts et plus intenses, et un troisième orgasme se leva en elle comme un tsunami, mais cette fois il l'accompagna dans l'extase et il rugit son plaisir en s'enfonçant au plus profond d'elle.

Ils retombèrent l'un sur l'autre, essoufflés et en sueur. Le corps palpitant encore de plaisir, Beau soupira dans son cou en souriant.

Elle avait déploré son sort durant une grande partie de sa vie mais, si cela l'avait amenée à ce moment, elle était prête à le revivre cent fois.

Un son strident vrillait les tympans de Lyon. La jeune femme reposait, souple et douce dans ses bras. Précieuse et merveilleuse.

Il s'était comporté… comme une brute maladroite. Il s'était laissé consumer par son désir sombre et ses besoins égoïstes, sans penser à sa *responsabilité*. Il n'avait même pas les mots pour qualifier son comportement…

Il remonta son pantalon et la contempla en silence. Les joues roses, elle reposait nue sur le comptoir de la cuisine, si belle. Et c'était tout ce qu'il n'avait pas voulu. Tout ce à quoi il aurait dû résister.

Elle n'était en rien fautive, même s'il était tentant de le penser dans la mesure où personne ne l'avait autant poussé à l'imprudence auparavant. Pourtant, c'était lui le seul coupable.

Il souleva Beau du comptoir et la prit dans ses bras avec précaution. Puis il la porta à travers le chalet jusque dans sa chambre. Il la déposa sur son lit. Il avait besoin de s'éloigner. Il avait besoin de… de…

Pris de désespoir, il s'assit sur le bord du lit et resta là, la tête entre les mains. Qu'avait-il fait ? Qu'était-il devenu, et surtout comment allait-il réparer cette erreur ?

Il l'entendit bouger dans son dos et soudain il sentit ses mains délicates se poser sur ses épaules.

— Qu'est-ce qui ne va pas ? murmura-t-elle.

— Ce n'est pas comme ça que cela aurait dû se passer, Beaugonia.

— Pourquoi pas ?

Comment pouvait-elle même lui poser la question ? Il lui jeta un coup d'œil par-dessus son épaule.

— Cette étreinte rugueuse et frénétique dans la cuisine. Ce n'est pas approprié. Ce n'est pas ce qu'un homme qui sait se contrôler doit faire, ajouta-t-il en baissant les yeux vers ses mains. Ce n'était pas bien de te traiter de cette façon. Et…

Il s'interrompit, ne sachant que dire. Tout ce qu'il parvenait à faire, c'était regarder ses mains qui étaient celles d'un homme identique à ceux de sa lignée royale. Des hommes qui avaient gaspillé leurs responsabilités vis-à-vis de la couronne. Pour le pouvoir. Pour une femme. Pour leur plaisir. Pour suivre leurs désirs égoïstes jusqu'à la ruine. Lyon n'avait encore rien gâché, mais il savait qu'il s'était engagé sur un terrain glissant.

La main de Beaugonia descendit le long de son dos.

— Lyon, j'ai aimé la façon dont tu m'as traitée. J'ai aimé ça et toi aussi. Si nous y avons pris du plaisir tous les deux, pourquoi devrais-tu te sentir mal à ce sujet ?

Sans doute avait-elle apprécié, effectivement. Elle n'avait pas assez d'expérience pour simuler et de toute façon il était indéniable qu'elle s'était impliquée entièrement dans cette communion. Pourtant, il avait le sentiment d'avoir souillé tout ce qu'il était censé garder respectable et intact.

— Je dois pouvoir garder mon contrôle en toutes circonstances, déclara-t-il. Je ne suis pas comme mes cousins ou mes oncles.

Ces derniers avaient sans doute le plus souvent péché auprès de femmes qui n'étaient pas les leurs ou avec de l'argent qui n'était pas à eux, mais Lyon ne pouvait se permettre de se comporter comme il venait de le faire. Le moindre scandale serait exploité par ses ennemis, il le savait. Il ne pouvait pas faire passer ses désirs avant sa raison et c'était ce qu'il venait de faire.

Cela devait cesser immédiatement.

— Je ne serai jamais comme eux.

Peut-être que, si elle comprenait cela, ils parviendraient à surmonter cette… erreur. Mais alors Beau pressa les lèvres contre son dos. Comme si tout ce qu'elle était et qu'elle offrait pouvait suffire à le réconforter.

— Ceci ne concerne pas le pays, les citoyens ou tes responsabilités, dit-elle doucement. Nous sommes mariés et… et… c'est un devoir. Comment pourrions-nous concevoir un héritier autrement ? Je veux dire, je peux aussi m'allonger sur le dos et penser à la reine d'Angleterre si cela te fait te sentir mieux, mais honnêtement je préfère ce que nous avons fait ce soir.

Il fut pris d'une inexplicable envie de *rire*. Pourtant, ce n'était pas le moins du monde amusant.

— Beau…

Elle ne comprenait pas. Il ne pouvait pas laisser ses désirs prendre le pas sur ses responsabilités. Il devait y avoir un temps et un lieu pour ces choses-là. Les limites ne devaient pas être franchies, tout devait être parfaitement maîtrisé et rangé dans la bonne case. Le moindre soupçon de désir devait pouvoir être contrôlé.

Mais, quand il se tourna vers elle, il eut le sentiment qu'elle était la chose la plus belle et la plus glorieuse qu'il ait jamais rencontrée. Elle était sa *femme* et ils avaient en effet besoin d'héritiers.

Pourtant, il allait devoir trouver le moyen d'ériger un mur autour de tout ce… désir dangereux. Elle serait sans doute bientôt enceinte. Sa mère lui avait précisé que la grossesse était une expérience inconfortable et douloureuse. Lorsqu'elle attendrait un enfant, Beau ne voudrait donc sûrement pas de lui.

— Peut-être souhaiterais-tu mettre un pyjama ? suggéra-t-il. Je pense que nos valises ont été déballées.

Beau se laissa retomber sur le matelas et elle écarta les bras en levant les yeux vers le plafond. Parfaitement et magnifiquement nue. Il sentit son sexe durcir à nouveau dans son caleçon.

— Je crois que je préférerais dormir nue, déclara-t-elle avec un sourire coquin.

— Beaugonia !

— Quoi ? fit-elle en lui lançant un regard innocent.

Soudain, il se rendit compte qu'il était impératif qu'elle comprenne. Peu importe ce qui se passait ou ce qu'il ressentait.

— Mon pays passera toujours en premier, dit-il en la regardant. Tout comme mon devoir et mes responsabilités. Je l'ai promis à ma grand-mère avant sa mort et rien ne pourra le changer.

Elle l'étudia comme si elle savait déjà tout.

— Je ne t'ai pas demandé de changer, Lyon. Ni de me placer au-dessus de quoi que ce soit. Je ne t'ai rien demandé.

Il devina dans le ton un peu hautain qu'elle venait d'employer une petite pointe de colère qui lui permit de se… détendre.

Il avait franchi les limites avec elle et commis une erreur, mais celle-ci n'était pas fatale. Elle avait eu lieu ici, alors qu'ils étaient seuls. Pas au palais, entourés d'une foule de témoins potentiels. Ils n'en étaient qu'au début de leur mariage et, ainsi qu'elle l'avait déclaré, ils n'avaient fait aucun tort au pays. Ils avaient encore deux jours d'intimité au chalet et avec un peu de chance elle reviendrait enceinte au palais. Alors, il aurait bien le temps de bâtir les murs immaculés de leur respectabilité.

Tout irait bien. Son erreur allait être réparée. Il mettrait Beau enceinte. Pour Divio et pour la perpétuation de sa lignée.

Il avait donc le droit de se détendre encore un jour ou deux.

— Ce n'est pas tout à fait vrai, Beaugonia, corrigea-t-il. Tu m'as demandé quelque chose. Je crois même que tu m'as supplié.

Les joues de la jeune femme prirent une teinte rosée délicieuse, puis elle tendit la main pour attraper un oreiller, qu'elle lui jeta à la figure.

Et le rire libérateur qui jaillit en lui lui fit l'effet d'une bulle de champagne.

Beau était une femme intelligente. Elle comprendrait. Elle suivrait sa volonté.

Et tout irait bien.

9

Beau s'éveilla couverte d'une sueur froide. Elle était essoufflée et tout était sombre. Un lit inconnu. Et la tiédeur d'un homme endormi à côté d'elle. Son esprit tourbillonnait sans qu'elle parvienne à le maîtriser. Cela faisait des années qu'elle ne s'était pas réveillée au milieu d'une crise de panique. Et c'était le pire moment possible pour que cela survienne de nouveau. Elle lutta pour avaler une bouffée d'air, mais Lyon ne bougea pas d'un millimètre. Elle avait donc encore une chance de s'en sortir. D'éviter qu'il ne découvre ce qui lui arrivait.

Serait-ce si terrible ?

Elle rassembla ses forces et parvint à se lever du lit en s'efforçant de respirer. La pièce était plongée dans le noir et sa vision était brouillée par une nuée de points scintillants, qui l'aveuglait.

Serait-ce si terrible que Lyon se réveille et voie sa plus grande faiblesse ? Un état qui n'était définitivement *pas* respectable ni digne d'une princesse héritière.

Oui, ce serait *si* terrible.

Elle essaya de se déplacer en silence dans la pièce. Dieu merci, Lyon ne se réveilla pas et elle parvint à atteindre la salle de bains sans faire de bruit. Les bras tremblants et sentant la tempête arriver, elle referma la porte sans la claquer tandis que les larmes ruisselaient le long de ses joues.

Puis elle s'effondra simplement sur le sol, agitée de spasmes et haletant d'impuissance. Maudissant le sort qui l'avait faite telle qu'elle était.

Sans doute avait-elle de la chance d'avoir eu cette crise à ce moment-là et d'être parvenue à se cacher de Lyon. Il ne saurait rien. Et si cela arrivait ainsi à chaque fois tout irait bien.

Elle laissa cette pensée s'insinuer en elle en espérant que cela contribuerait à la calmer mais, une fois que la crise était là, elle savait qu'il n'y avait généralement pas de retour en arrière possible. Il fallait seulement attendre que ça passe. Le problème, c'est qu'elle était allongée, nue, sur le sol de la salle de bains et c'était ridicule.

Elle ne se faisait pas suffisamment confiance pour se mettre debout, mais elle pouvait essayer de ramper jusqu'au placard. Alors, elle essaya. Ses jambes tremblaient si fort que cela s'avéra difficile et elle progressait lentement.

Pathétique. Stupide. Folle.

C'étaient les mots de son père, pas les siens.

Beau savait que la panique était liée à une sorte de... dysfonctionnement de son cerveau. Elle ne pouvait pas la contrôler, mais cela ne faisait certainement pas d'elle ce qu'il prétendait.

Le fait de penser à Lyon, endormi dans son lit, la fit se sentir plus *ratée* qu'elle ne l'était habituellement après une crise. Parce qu'il n'y avait personne à contredire, personne à défier. Seulement un homme à qui cacher cette... tare. Ce n'était plus seulement pour protéger Zia. C'était aussi parce qu'elle... *appréciait* Lyon. Et la vie qu'ils étaient en train de créer. Car jamais elle ne s'était sentie aussi heureuse que maintenant. Et elle était déterminée à camoufler son problème pour protéger cela.

Elle parvint à atteindre le placard. Ses vêtements devaient être rangés quelque part. Mais elle ne pouvait toujours pas se faire confiance pour se lever ou allumer, alors, elle ouvrit le placard et tâtonna dans le noir, le long des étagères.

Cesse de trembler. Arrête de pleurer. Respire, respire.

Elle compta ses inspirations et soudain sa main atterrit sur un vêtement. Elle tira dessus et l'enfila en le faisant passer par-dessus sa tête. Ce n'était pas à elle. Sans doute un sweat-shirt de Lyon, mais ça ferait l'affaire. Elle ramena ses genoux contre sa poitrine et attendit. Au bout d'un moment, elle respira mieux et ses larmes cessèrent de couler, mais elle savait que les tremblements duraient plus longtemps et diminueraient peu à peu avant de s'arrêter complètement.

Cela allait généralement plus vite quand Zia s'asseyait à côté d'elle en lui parlant comme si de rien n'était. Ou comme la dernière fois, quand Christhian s'était accroupi à côté d'elle et qu'il lui avait pris gentiment la main en lui racontant sa rencontre avec sa sœur.

Même maintenant, ce souvenir lui réchauffait le cœur. Que Zia le sache ou non, Christhian était éperdument amoureux d'elle et Beau avait compris à cet instant que son choix était le bon. Car il offrait à Zia la possibilité de vivre libre et heureuse avec Christhian et leurs enfants, loin des règles du palais. Ils pouvaient maintenant se consacrer à leur bonheur et à celui de leurs jumeaux qui étaient sur le point de naître.

Beau put enfin prendre une inspiration normale. Quelle que soit la cause de cette crise, elle n'était pas rationnelle. Le fait de se rappeler à quel point sa décision d'épouser Lyon avait contribué à aider sa sœur l'aidait à en sortir.

Zia serait heureuse. Et cette… *chose* qu'il y avait entre elle et Lyon. Du désir. De l'alchimie. Mais aussi un attachement, aussi superficiel soit-il. Eh bien, c'était mieux que tout ce qu'elle avait eu jusqu'à présent dans la vie.

Peut-être qu'elle devrait dissimuler ses crises de panique à Lyon et à Divio pour le restant de ses jours, mais cela valait mieux que d'être traitée comme une sorte d'abomination.

L'idée que le prince le découvre et lui fasse une déclaration sur l'importance d'être respectable lui faisait horreur. Elle décida de ne plus y penser. Cela n'arriverait tout simplement pas. Ses tremblements ayant pratiquement cessé et sa respiration étant redevenue normale, Beau estima qu'elle pouvait retourner dans son lit sans qu'il s'en aperçoive.

Elle entra dans la chambre plongée dans le noir et elle tendit l'oreille. La respiration calme et régulière de Lyon lui parvint alors, elle se dirigea aussi silencieusement que possible jusqu'au lit et se glissa sous les draps. Lyon se tourna de son côté.

— Tout va bien ? murmura-t-il d'une voix ensommeillée.

— Bien sûr. J'avais un peu froid.

— Je suppose que ce n'est pas une bonne idée de dormir nue dans un chalet alpin.

Puis, il eut un geste qui lui fit monter les larmes aux yeux : il tendit le bras pour l'attirer dans la tiédeur de son corps en les recouvrant de la couverture. Une vague de chaleur l'enveloppa comme une caresse.

Était-ce cela, l'amour ?

Ne sois pas idiote, Beaugonia.

L'amour, le véritable amour était bâti sur la confiance. Et, même si elle *appréciait* Lyon et ce qu'il lui faisait ressentir à l'intérieur et à l'extérieur de leur chambre, elle gardait toujours une part d'elle-même cachée, car elle ne pouvait lui faire confiance sur ce point.

Cela ne pourrait jamais être de l'amour.

Cette certitude pesa soudain comme un poids pénible et déprimant sur sa poitrine. Bien qu'il soit très rare que deux crises de panique se succèdent, elle n'aimait pas cette tension qui semblait s'emparer à nouveau de son corps. Ni la manière dont ses pensées tournaient en boucle.

Et, la seule manière de les arrêter en cet instant, c'était *lui.*

— Lyon ?

— Hmm ?

Il était à nouveau plongé dans le sommeil, mais elle avait besoin de lui. Alors elle se tourna dans le cercle de ses bras chauds et lui fit face.

— Touche-moi.

Elle devina que Lyon passait aussitôt en état d'alerte et cela la rassura étrangement. Car cette alchimie qui les liait n'était pas le fruit de son imagination. Et le désir qui s'emparait d'eux comme un feu de forêt était bien réel.

Elle posa sa bouche contre celle de Lyon et, en voyant qu'il lui rendait son baiser, elle fut parcourue d'un soulagement bienfaisant. Tout irait bien. Et même de mieux en mieux.

Il l'attira plus près de lui et sa main glissa le long de son dos, vers la courbe de ses hanches, jusqu'à ce qu'il trouve une jambe nue, car elle ne portait rien sous son sweat-shirt. Le désir de Beau monta en flèche quand il commença à caresser sa cuisse, tout en déposant un tendre baiser sur ses lèvres.

Mais ce n'était pas assez fort. Pas quand elle se sentait si vulnérable.

— Ne sois pas si doux, souffla-t-elle contre sa bouche.

Elle voulait retrouver la tempête sauvage qu'ils avaient vécue plus tôt. Il resserra sa prise sur elle, avant de la lâcher. Elle savait qu'il luttait pour se retenir, bien qu'elle ne comprenne pas pourquoi. Bien sûr, cela avait un rapport avec la façon dont il voulait diriger Divio, mais en cet instant cela ne l'intéressait pas.

— S'il te plaît, gémit-elle. Je veux ce que nous avons eu dans la cuisine. J'en ai besoin.

— Ça ne peut pas définir qui nous sommes, Beaugonia.

— Seulement ce soir. Je t'en prie, Lyon.

Alors, il lui donna ce qu'elle voulait. Elle savait que cela ne changerait, ni ne résoudrait rien. Cela ne pourrait pas être qui ils étaient, pas plus qu'il ne saurait jamais qui elle était vraiment. Divio était l'étoile qui le guidait et ce serait toujours le cas.

Mais pour cette nuit-là elle eut tout ce qu'elle voulait.

Le lendemain, Lyon se réveilla bien plus tard qu'il n'en avait l'habitude. Mais il ne s'autorisa pas à penser à la nuit qui venait de se dérouler et aux raisons pour lesquelles il avait tant dormi. C'était terminé. Un nouveau jour s'était levé et il était temps de prendre les bonnes décisions.

Beau dormait encore. Elle avait l'air paisible, même si ses

cheveux étaient plus ébouriffés qu'ils n'auraient dû l'être et si ses épaules étaient dénudées. Il ne pouvait se permettre de songer à ce qui expliquait son état.

Un nouveau jour, une nouvelle page.

Ils prendraient leur petit déjeuner, puis ils partiraient en randonnée. Peut-être passeraient-ils une fin d'après-midi confortablement installés près du feu avec leurs livres avant de préparer la cuisine, de dîner et de débarrasser ensemble. Ensuite et seulement à ce moment-là, ils se retireraient dans leur chambre. Leurs désirs seraient parfaitement sous contrôle et ils seraient rassasiés.

Ainsi, ils mettraient toutes les chances de leur côté pour qu'une grossesse survienne le plus tôt possible.

Lyon se rendit dans la cuisine avec l'idée de leur préparer un petit déjeuner ainsi qu'une collation pour leur balade. Il avait rarement l'occasion de le faire et cela lui plaisait.

Alors qu'il était sur le point de terminer ses préparatifs, il entendit Beau approcher et il prit une grande inspiration. Aujourd'hui, il garderait son contrôle. Il se retourna et lui adressa un sourire agréable. Elle s'était habillée chaudement en prévision de la sortie. Ses cheveux étaient brossés, mais son regard était toujours ensommeillé.

— Bonjour, fit-elle en bâillant. C'est le petit déjeuner ? Je meurs de faim.

— Oui. Assieds-toi.

Elle prit place à table et il posa une assiette devant elle.

— J'emporterai une collation pour notre randonnée, mais un petit déjeuner riche en protéines est le meilleur moyen de prendre des forces pour tenir la distance.

— Bien sûr, fit-elle d'un ton léger.

Elle ne fit pas allusion à leur nuit torride et elle engloutit la nourriture avec appétit sans le regarder. Elle ne faisait rien qui rende la situation gênante ni inconfortable, et pourtant il ne se sentait pas entièrement lui-même. Toute sa vie avait été dédiée à un seul objectif, devenir un monarque qui prendrait ses fonctions dès que le destin frapperait à sa porte. Il n'avait jamais envisagé autre chose. À présent, ses pensées étaient occupées par cette femme étrange qui n'était censée être que l'épouse d'un mariage arrangé.

Il se força à manger bien qu'il n'ait goût à rien. Puis, lorsqu'ils eurent terminé le repas et fini de ranger la cuisine, ils enfilèrent d'épais manteaux et des bottes fourrées pour se préparer à sortir dans le paysage glacé.

Beau semblait enthousiaste à l'idée de cette promenade. La journée était belle, ensoleillée et lumineuse. Le sentier qu'ils suivaient n'était pas balisé et Lyon traça son propre chemin dans la poudreuse.

Beau le suivit et il dut ralentir, car elle voulait tout regarder. Chaque rocher, chaque jolie vue. Elle prit de la neige dans ses gants et en fit des boules. Étrangement, Lyon ne fut pas le moins du monde frustré par ses arrêts incessants. C'était si agréable de la voir prendre du plaisir avec des choses aussi simples.

— Est-ce que tu inspectes toujours chaque détail quand tu fais de la randonnée ? demanda-t-il au moment où elle lançait une de ses petites boules de neige, qui atterrit un peu trop près de lui.

Il se retourna brusquement en grimaçant pour la faire rire, mais elle détourna le regard, le visage sérieux.

— Je n'ai pas souvent marché, murmura-t-elle. Mes sorties consistaient généralement à trouver un coin pour la lecture à l'ombre des jardins du palais.

Lyon fronça les sourcils. Il savait qu'elle avait été en quelque sorte cachée, sans doute parce que sa sœur était l'héritière, mais il n'avait jamais pensé que cela s'étendait à *tous* les domaines de son… quotidien.

— Tu as toujours vécu au château ?

Beau s'immobilisa, puis elle étudia très attentivement une boule de neige au creux de sa main gantée, comme si elle réfléchissait à ce qu'elle allait répondre.

— Mon père estimait que moins on me voyait, moins on risquait de poser de questions à mon sujet. Tant que Zia brillait et que je restais invisible, personne ne pouvait faire le lien entre ces... crises de colère enfantines et la monarchie. Donc, oui, j'ai passé le plus clair de mon temps au château.

Sur ces mots, elle lança sa petite boule de neige au loin.

— Pour quelqu'un qui a été maintenu isolé si longtemps, je te trouve bien armée, fit-il remarquer en se remettant à marcher.

— La lecture ouvre des mondes, même lorsqu'on n'en a pas.

— À ce propos, fit-il, j'ai commencé à lire ton roman d'amour.

— Vraiment ?

— Oui. Le style est agréable et les personnages sont intéressants, mais je trouve que l'intrigue amoureuse pourrait être résumée en vingt pages, s'ils prenaient le temps de s'asseoir pour avoir une conversation mature.

— Peut-être, mais sommes-nous matures aussi souvent que nous le souhaiterions ? répliqua-t-elle. Il me semble à moi que les êtres humains font le plus souvent tout pour éviter d'avoir des conversations sérieuses. Je me demande donc à quel point il serait intéressant de voir des personnages fictifs se comporter ainsi, alors qu'on l'est si rarement dans la réalité.

C'était sensé, mais lorsque Lyon se tourna vers elle pour le lui dire Beau ne le regardait plus. Ils arrivèrent bientôt au bout de la promenade. L'endroit offrait une vue spectaculaire sur le chalet en contrebas et tout ce qu'ils venaient de gravir. La crête des montagnes qui s'étendaient autour d'eux et le soleil qui faisait scintiller la neige donnaient un aspect magique à ce lieu. Le visage de Beau s'illumina d'un sourire de joie pure. Ses yeux étaient presque verts et ses joues et le bout de son petit nez étaient tout rouges.

— Tu viens souvent ici ? demanda-t-elle.

— Non. Il m'est difficile de m'échapper du palais en raison de la situation instable au Parlement. Mes ennemis saisiront la première excuse pour me dépeindre comme mes oncles et mes cousins.

— Ce doit être un héritage difficile à porter.

Quand Lyon était jeune et qu'il se plaignait de ce que sa grand-mère lui imposait, on lui faisait systématiquement la leçon au sujet de ses privilèges. De la place spéciale qu'il occupait et du devoir qu'il avait vis-à-vis de son pays.

— *Mon existence* est le paiement d'une dette et je m'en acquitterai, déclara-t-il.

Beau le regarda en affichant une expression confuse.

— Pourquoi ton existence devrait-elle être le paiement d'une dette ?

— Je suis l'héritier mâle que Divio méritait. Cela aurait dû être ma grand-mère, mais on ne l'a pas autorisée à prendre la couronne, pas plus que ma mère. Je m'acquitte donc de cette dette envers elles.

La jeune femme le fixa comme s'il avait parlé dans une autre langue.

— Cela n'a aucun sens… Cela devrait être… ce que nous sommes qui détermine ce droit. Comme Zia par exemple, qui se comportait mieux avec le monde quand nous étions petites.

Lyon ressentit une étrange tension au milieu de la poitrine.

— Je ne me suis pas bien expliqué, fit-il. Je voulais simplement dire que j'ai toujours su que ce serait mon devoir.

— Cela n'en reste pas moins difficile, Lyon. Un devoir peut être… pesant. Même si tu le remplis le cœur joyeux.

Personne ne l'avait jamais exprimé de cette façon devant lui et il ressentit une étrange satisfaction à l'idée qu'elle comprenne que son rôle puisse ne pas être facile. Que c'était un véritable travail que de réussir à être ce que sa grand-mère avait voulu qu'il soit.

Si cette dernière avait vécu suffisamment longtemps pour assister à son couronnement, elle lui aurait donné son approbation, il en était certain.

— Je suppose que c'est vrai, acquiesça-t-il, désireux de s'éloigner de ce sujet inconfortable.

— En tout cas, j'aime beaucoup cet endroit ! s'exclama Beau d'un ton joyeux, comme si elle avait deviné ses pensées. J'espère qu'une fois que nous aurons convaincu le Parlement que ton règne est stable nous pourrons venir ici plus souvent.

Il se rendit compte qu'il aimait le fait qu'elle utilise le mot

« nous », comme s'ils formaient une équipe. Au fond, jamais il n'avait jamais prévu de partager sa responsabilité avec quiconque. C'était la sienne, uniquement.

Mais maintenant il avait une femme. Une partenaire. Et il ne doutait pas que Beau soit capable de porter elle-même le poids de ses propres responsabilités. Tout cela lui paraissait… incroyable.

— Ça veut dire qu'il faudra que tu supportes plus souvent ce trajet horrible en voiture pour venir ici, répondit-il d'un ton taquin en lui adressant un sourire.

Elle fronça le nez.

— Comme c'est ennuyeux…

— Tu n'as absolument pas le vertige, fit-il remarquer tandis qu'elle s'avançait dangereusement près d'un rebord montagneux pour apprécier la vue.

— Je fais plus confiance à mes pieds qu'à cette énorme machine bien trop grosse pour aller sur ces petites routes sinueuses, répondit-elle.

Il sourit, malgré lui. Quelle drôle de personne elle était.

— As-tu d'autres peurs aussi particulières ?

— Je ne vois pas en quoi celle-ci est particulière, rétorqua Beau en lui lançant un regard altier qui fit naître une flamme de désir aussi brutale que soudaine au creux de ses reins.

Un désir sombre qui menaçait de mettre à mal toutes ses résolutions de ce matin. Il se retourna.

— Nous ferions mieux de rentrer, fit-il en rebroussant chemin.

Il se mit à marcher à une cadence rapide pour elle ; lorsqu'ils arrivèrent enfin au chalet sous le soleil de l'après-midi, Beau haletait et son visage était rougi par l'effort. Mais elle ne semblait pas contrariée quand il ouvrit la porte avant de l'inviter à pénétrer dans la maison.

— Je sais que nous devons rentrer demain, mais pourrions-nous faire une petite promenade le matin, avant de partir ? suggéra-t-elle en se débarrassant de son gros manteau. Quelle merveilleuse façon de débuter la journée !

— Oui, à condition de nous lever tôt, répondit Lyon en enlevant à son tour sa veste.

— Alors, je suppose qu'il ne faudra pas que tu me gardes éveillée toute la nuit, répliqua-t-elle avec un sourire coquin.

Il vit briller une flamme de malice dans ses yeux, qui avaient retrouvé leur teinte noisette.

Beau s'approcha de lui pour l'aider à enlever une première couche de pull et il la laissa faire alors qu'il aurait pu se débrouiller seul.

Puis elle se hissa sur la pointe des pieds et posa sa bouche sur la sienne. Le bout de son nez était froid, mais ses lèvres tièdes, et elle s'enroula autour de lui comme une sirène. Elle avait dû lui jeter un sort, car il ne recula pas. Au contraire, il lui rendit son baiser, qui avait un goût de frisson.

Elle se cambra et gémit contre lui jusqu'à ce qu'il n'y ait plus entre eux que le battement du désir et le besoin d'en avoir plus. Mais trop de vêtements les séparaient et cette prise de conscience aida à le ramener à la raison. Et au contrôle.

Ils ne feraient pas ça ici. Il y avait des règles, des *limites* à respecter. Et des comportements à adopter.

Il s'arracha à elle et parvint à garder un espace entre eux. Il eut le sentiment étrange d'avoir remporté une victoire alors qu'il l'avait tout de même embrassée ici. Il n'y avait peut-être pas de personnel, mais il y avait des fenêtres. Il n'y avait pas de public, mais il devait être meilleur que cela. Demain ils seraient de retour au château et il ne voulait pas donner à quiconque une raison de penser qu'il ne pouvait pas se contrôler.

Beau se tenait devant lui, essoufflée. Elle le regardait avec des yeux embrumés de désir et de confusion mêlés. Il mourait d'envie de la toucher, mais il parvint à se retenir. À ne pas céder. C'était Divio son repère, son seul objectif.

Pas *elle*. Pas *cela*.

Mais alors Beau s'agenouilla devant lui.

10

Beau pensa que Lyon allait l'arrêter, mais il se contenta de la fixer avec dans les yeux un désir sombre. Son cœur battait à tout rompre dans sa poitrine, mais elle était prise d'une envie si puissante que rien ne pouvait la retenir.

Pour la première fois de sa vie, elle prenait ce qu'elle voulait. Allait-elle trop loin ? Peut-être. Mais elle n'avait jamais été douée pour reculer quand elle se lançait dans quelque chose. Elle n'allait pas commencer à le faire maintenant.

Elle tendit les mains et posa les paumes sur les cuisses de Lyon, observant sa réaction à chacun de ses mouvements. Il expira lentement, sa mâchoire se serra et des flammes noires dansèrent dans ses yeux.

— Je connais aussi *cela* en théorie, murmura-t-elle tandis que son désir pulsait en rythme avec les battements fous de son cœur. Mais j'ai envie de le mettre en pratique.

Parce que, même si Lyon avait brusquement interrompu leur baiser, elle voyait le renflement imposant de son sexe en érection sous son pantalon. Il avait envie d'elle. Elle aussi. Et elle ne comprenait pas pourquoi il ne voulait pas se laisser aller. Elle aurait voulu qu'il comprenne qu'il n'y avait rien de mal dans ce qu'ils faisaient. C'était beau. Elle le débarrasserait de cette honte qui l'entravait. Petit à petit.

Le monde imposait à Lyon des normes trop élevées. Elle ne ferait pas la même chose. Jamais elle ne lui imputerait une responsabilité aussi injuste et lourde. Pas quand ils seraient seuls. Parce qu'ils étaient jeunes mariés et qu'ils avaient parfaitement le droit d'explorer le désir inouï qui les liait.

Alors, elle baissa son pantalon, puis son caleçon et elle libéra son sexe dur et gonflé. Puis, en gardant une main sur sa cuisse pour se tenir en équilibre, elle utilisa l'autre pour le toucher, l'explorer, le caresser.

Elle se pencha en avant, les yeux fixés sur ceux de Lyon, puis elle utilisa sa bouche. Avec des mouvements lents et réguliers, sans quitter son visage du regard. Attentive à la moindre de ses réactions. Il avait les yeux fixés sur ce qu'elle faisait. Il la regarda le goûter, le sucer avec application. Et elle devina la tension qui s'emparait de lui à ses poings serrés et à son essoufflement qui augmentait un peu plus à chaque glissement doux de sa langue le long de son sexe.

Elle fut surprise de constater à quel point cela l'excitait elle aussi. Tout son corps palpitait de désir et de besoin. Elle se sentait puissante comme jamais auparavant.

Car tout ce qu'elle avait accompli jusque-là avait dû être dissimulé, caché. Pour l'heure, elle ne se cachait pas de son désir pour lui, de son besoin.

Et il le verrait sûrement. Il comprendrait que…

Sans prévenir, Lyon se recula brusquement avant de la tirer par les bras pour qu'elle se mette debout. Était-il en colère ? Elle l'ignorait, mais dans ses yeux sombres une tempête se déchaînait. Elle aurait voulu l'apaiser, le rassurer.

— Lyon…

— Va dans la chambre, gronda-t-il d'une voix sourde qui fit naître une pluie d'étincelles dans tout son corps. Là-bas et seulement là-bas, tu te déshabilleras entièrement.

Elle faillit soupirer de soulagement, mais elle prit une grande inspiration et rassembla ses forces pour lui obéir. Elle lui tourna le dos et se rendit à pas lents dans la chambre, luttant contre les tremblements qui s'emparaient d'elle. Ce n'était pas de la panique. Seulement de l'*anticipation*.

Elle se dévêtit, le cœur battant, et elle l'entendit arriver mais, avant qu'elle ne puisse se retourner pour lui faire face, sa voix basse résonna dans son dos. Une voix autoritaire qui fit monter son désir d'un cran.

— Mets tes mains sur le rebord du lit et penche-toi en avant.

Elle hésita.

— Maintenant ! ordonna-t-il.

La manière dominatrice qu'il avait de s'adresser à elle envoyait des ondes de plaisir dans son corps et Beau sut qu'elle ferait tout ce qu'il exigeait. Alors elle se pencha et agrippa le rebord du lit. Elle ignorait ce qui allait suivre. Et le temps sembla s'étirer dans une brume confuse d'impatience. Elle essaya de retenir son souffle, mais Lyon ne *faisait* rien. Alors elle laissa échapper un souffle tremblant.

N'y tenant plus, elle voulut regarder par-dessus son épaule pour voir ce qui l'empêchait de la *toucher,* mais il interrompit son mouvement.

— Garde les yeux fixés devant toi, Beaugonia.

Elle déglutit. Le fait de l'entendre prononcer son prénom en entier de cette voix profonde et basse la fit trembler. Tout son corps pulsait de désir et sa présence sombre, derrière elle, ne faisait que rendre l'attente plus insoutenable.

— Lyon, supplia-t-elle.

S'il ne la touchait pas, elle allait se briser, en mourir. Elle avait besoin qu'il fasse disparaître cette sensation qui la rendait folle.

— Je ne t'ai pas dit de parler, *tesoruccia*. Tu ferais mieux de garder cette bouche dangereuse fermée.

Puis, tout à coup, elle sentit sa main. Sa paume glissa sur sa jambe, puis le long de la courbe de ses reins avant de venir agripper sa hanche. Elle le sentait si proche derrière elle que sa chaleur l'enveloppait et elle ne put réprimer un frisson. La main libre de Lyon remonta jusqu'à son épaule. Et enfin elle sentit le bord émoussé de son sexe s'enfoncer en elle en un glissement long et parfait qui lui arracha un cri de bonheur. Il la tenait par la hanche et l'épaule et il la remplissait entièrement. Elle serra les draps, chevauchée par une vague de plaisir inouïe.

Finalement, tout avait un but. Une raison. Lyon bougeait en elle et il n'y avait plus que ça. Eux. La passion sublime qui les unissait lorsqu'ils communiaient.

Il la pénétra plus fort et plus profondément et elle haleta de plaisir, le front pressé sur le matelas.

Puis la main de Lyon lâcha son épaule pour venir agripper ses cheveux et il la força à se cambrer davantage en lui relevant la tête. Il la prit fort, plus loin encore, et des étincelles de plaisir jaillirent en elle tandis que cette sensation si intense, proche de la douleur, s'emparait d'elle. Ses va-et-vient firent monter son plaisir comme un tsunami, et bientôt elle s'effondra en sanglotant avec le sentiment que tout son être explosait en un million de petits morceaux. Mais Lyon ne la laissa pas se reposer et il la pénétra plus fort encore dans un rythme sauvage et endiablé. Il n'y avait plus aucun contrôle. Elle n'était plus que sensations. Elle gémit, *supplia* et gémit encore. Le réclamant, lui et tout ce qu'il était, lui demandant de tout lui donner. Il laissa échapper un grognement sauvage dans une dernière poussée avant de s'effondrer sur elle, le corps agité de soubresauts, la main toujours emmêlée dans ses cheveux.

Beau lutta pour retrouver son souffle, et le monde réel. Elle avait envie de rire. Elle n'avait jamais cru aux contes de fées. Aux belles histoires d'amour. Et pour la première fois de sa vie elle eut envie d'y croire.

Enfin.

Cette femme allait causer sa perte. Elle briserait tout ce qu'il avait construit. L'image d'un prince fort doté de morale et parfaitement maître de son contrôle.

Elle faisait tout voler en éclats et il était forcé de constater qu'il ne valait pas mieux que les hommes qui l'avaient précédé. Car il continuait à commettre la même erreur. Et c'était pire à chaque fois. Même s'ils avaient réussi à atteindre la chambre, elle s'était d'abord agenouillée devant lui et elle avait pris son sexe dans sa bouche alors qu'ils étaient dans l'entrée. Il lui avait parlé d'une façon qu'il ne s'était jamais autorisée avec personne. Puis il l'avait prise brutalement et durement, dominé par un besoin insatiable qui rugissait en lui comme une maladie.

Il savait comment cela allait se terminer. Comment cela allait dégénérer. Et devenir de plus en plus sauvage jusqu'à ce qu'on en parle en chuchotant. Et la rumeur commencerait à enfler. Bien sûr, ce ne serait pas aussi grave que de voler dans les caisses de l'État ou de multiplier les infidélités, mais c'était *mal*.

Alors règle le problème.

Il se retira doucement d'elle et s'écarta. Pendant quelques instants, aucun d'eux ne bougea. Beau était toujours agrippée au bord du lit, dans cette position dégradante qu'il lui avait imposée.

Tout ça pour un orgasme.

La jeune femme finit par soupirer avant de se redresser et de se mettre debout. Puis elle repoussa les cheveux qui lui barraient le visage et elle eut le culot de lui sourire.

— Viens t'allonger un moment avec moi, proposa-t-elle d'une voix douce en lui tendant la main.

Il ignora son geste et commença à se rhabiller. Puis il se tourna pour lui faire face. Elle était installée sur le lit, les draps remontés sur elle. Son expression était indéchiffrable.

— Dois-je m'attendre à un nouveau sermon ? demanda-t-elle d'un air hautain qui le rendit fou.

Mais il parvint à garder son sang-froid.

— Manifestement, tu n'as pas tenu compte du premier.

La jeune femme se pencha en avant.

— Lyon, je ne comprends pas. Tu fais de quelque chose de très agréable le plus étrange des problèmes. Alors que nous devons agir ainsi si nous voulons des héritiers.

— Quand nous rentrerons au château, il faudra nous comporter respectueusement, déclara-t-il.

Il devait mettre ce désir dangereux de côté. Il était la couronne. Un monarque. Pas véritablement un homme. N'est-ce pas ce qu'on lui avait répété tout au long de sa vie ?

Tu es la couronne.

— Nous devons en toutes circonstances afficher un visage royal, reprit-il. Un comportement approprié à chacun de nos pas. Il ne doit y avoir aucune démonstration publique d'affection entre nous. Aucun signe qui indiquerait que nous sommes autre chose que le couple héritier.

Elle leva quasiment les yeux au ciel.

— Donc ne pas faire cela en public. J'ai compris.

— Tu ne sembles pas saisir la position précaire qui est la nôtre, malgré mes explications. Tu ne sais pas le risque que représente une rumeur qui commence à se propager. Je ne me laisserai pas gouverner par ces désirs égoïstes. Tu dois le comprendre. Autrement…

Il s'interrompit, car aucune menace ne lui venait à l'esprit.

Et il la trouvait si belle, allongée nue dans son lit avec cette expression indéfinissable. Ou peut-être refusait-il de l'analyser. Mais il lui trouverait un châtiment adapté. Il garderait le contrôle et ne la laisserait pas continuer à le… miner.

— Alors, nous devons être polis… dans notre propre lit ? demanda-t-elle en prononçant chaque mot avec soin d'un ton neutre, comme si elle n'essayait pas de lui faire passer un message. Au cas où quelqu'un pourrait nous entendre, c'est cela ? acheva-t-elle.

— Nous devons nous comporter dans tout espace potentiellement public avec respect, Beaugonia. Il est possible que tu sois déjà enceinte et alors nous n'aurons plus à nous inquiéter de ces… erreurs.

Elle cligna des yeux avant de regarder son ventre, comme si cette possibilité ne lui était jamais venue à l'esprit avant.

— Cela te rendrait-il heureux ? demanda-t-elle doucement.

— Bien sûr. C'est le but de tout cela. Avoir suffisamment d'héritiers pour assurer la stabilité de notre lignée pour les siècles à venir.

Elle hocha la tête sans croiser son regard.

— Bien sûr, acquiesça-t-elle. Alors c'est d'accord.

Pourquoi sa reddition avait-elle un goût légèrement amer ?

— Je te demande pardon, reprit-elle. Je vais essayer de me montrer aussi détachée et respectable que tu l'es.

Elle s'interrompit avec un léger sourire avant de reprendre.

— Même si le fait que tu aimes coucher avec ta femme ne devrait en aucun cas constituer la preuve que tu es aussi irresponsable que tes oncles et tes cousins.

Elle refusait donc de comprendre.

— Lorsque l'on cède à ses propres désirs égoïstes, on s'engage dans une spirale qui ne peut mener qu'à la chute. Car on finit par tout excuser. Pour un simple plaisir éphémère.

— Je vois, répondit-elle.

Mais il devinait qu'elle ne partageait pas du tout cet avis.

— J'espère que tu retiendras cette leçon, Beaugonia, parce que dans le cas contraire…

Il détesta les mots les mots qu'il s'apprêtait à prononcer, mais il devait le faire. Des désirs drastiques appelaient des mesures drastiques.

— … dans le cas contraire, il faudra envisager un arrangement similaire à celui que tu avais à Lille.

— Tu menaces de m'enfermer dans une pièce, Lyon ? demanda Beau avec ce ton hautain qui menaçait d'attiser le feu qu'il cherchait si fort à éteindre.

Qu'elle soit maudite.

— Je te dis simplement que tu obéiras à mes souhaits, sinon tu n'auras plus accès à moi du tout, répliqua-t-il, les dents serrées.

— Et si je ne suis pas enceinte ? Que ferons-nous pour concevoir des héritiers ?

— Il existe des moyens scientifiques de procéder à une fécondation. Nous ne sommes pas obligés de passer par le sexe.

Elle entrouvrit les lèvres et lui lança un regard stupéfait.

— Tu ne peux pas parler sérieusement.

— Ce n'est pas l'idéal mais, s'il faut en arriver là pour que tu comprennes, eh bien, nous le ferons. Je te suggère d'accepter cela avant que nous retournions au palais.

Et, parce qu'il ne se faisait pas confiance et craignait qu'en en disant davantage son désir ne reprenne le dessus, Lyon tourna les talons et sortit de la pièce.

11

Beau passa une bonne heure au lit sans que Lyon revienne avec ses arguments idiots et ses ordres ridicules.

Ou même ses excuses.

Elle finit par s'habiller, résignée. C'était sa faute. Elle avait cru que cette nouvelle vie serait meilleure que la précédente, mais elle s'était trompée. Lyon avait menacé de l'enfermer. Une menace qu'elle connaissait bien. Mais elle ne s'était pas attendue à ce qu'il la brandisse et cela lui donna envie de pleurer. Jamais elle ne lui donnerait cette satisfaction.

Elle prit place sur sa chaise près de la fenêtre. Tant qu'à être malheureuse, autant appeler sa sœur.

— Qu'as-tu fait ?

C'est avec ces mots que Zia répondit au téléphone.

— Ce qui devait être fait, bien entendu, répondit Beau en s'efforçant de paraître désinvolte. Mais tu peux me faire la leçon si tu le souhaites.

Cela lui ferait peut-être oublier les menaces si familières de Lyon. Il y eut un moment de silence à l'autre bout de la ligne.

— Je ne te fais jamais la leçon, répondit sa sœur.

Beau sourit malgré elle.

— Tout va bien, Zia. Je te le promets. J'ai même...

Elle jeta un coup d'œil à la porte fermée. Elle ne pouvait quand même pas tout raconter à sa jumelle. Alors, elle adapta la vérité.

— Lyon est très gentil. Je ne suis pas malheureuse et je ne le serai plus jamais.

Elle ne se laisserait pas faire.

— Je vais bien, reprit-elle. Comment ça va de ton côté ?

Zia émit un grognement irrité, puis elle raconta à Beau les derniers jours qui venaient de s'écouler. Une légère alerte pour sa grossesse, mais tout était rentré dans l'ordre et elle se reposait à présent, allongée sur un lit. Christhian, qui avait d'abord insisté pour qu'ils se marient, voulait maintenant lui laisser du temps pour qu'elle choisisse elle-même ce qu'elle voulait faire. Elle s'en plaignit amèrement, mais Beau devinait ce qui se cachait sous cette montagne d'incertitude.

De la peur et de la souffrance.

Elle soupira en repensant à ce que lui avait dit Lyon pendant leur randonnée. Il disait devoir s'acquitter d'une dette vis-à-vis de sa grand-mère. Elle s'aperçut qu'elle nourrissait une vraie animosité à l'égard de cette femme, ce qui était absurde dans la mesure où elle était morte depuis longtemps et où Lyon était manifestement décidé à honorer sa mémoire.

Mais elle comprit aussi que les colères et les menaces du prince venaient de quelque part. Et, si elle ne voyait pas bien d'où, c'était peut-être la même chose que pour Zia.

De la peur et de la souffrance.

Cela suffisait-il à l'excuser d'avoir menacé de la faire enfermer ou de lui faire subir une insémination artificielle, tout cela pour éviter ce prétendu glissement dangereux du désir ?

Cette pensée la rendit triste.

Parce que, même si elle n'était pas d'accord avec tout ce qu'il avait déclaré, elle se rendait compte qu'elle commençait à le comprendre sur certains aspects. Lyon croyait qu'il devait être parfait. Il portait une responsabilité qui lui avait été confiée par une personne qu'il aimait. Il n'agissait pas pour lui-même.

— Comment suis-je censée savoir quel est le bon choix ? demanda Zia en la tirant de sa rêverie.

Beau l'ignorait. Et, même si elle l'avait su, c'était à Zia de le découvrir seule. Elle continua à écouter et à réconforter sa sœur du mieux qu'elle le pouvait.

Peut-être devait-elle se comporter de la même manière avec Lyon. Ne pas lui mettre de pression. Ainsi, il parviendrait à tirer ses propres conclusions. Avec un peu de chance, il se rendrait compte alors que ses menaces étaient… cruelles.

Mais sont-elles justes ? se demanda Beau après avoir raccroché. Lyon n'était pas comme son père. Il y avait une noblesse dans ce qu'il s'efforçait d'accomplir.

Elle resta assise un moment tandis qu'une pensée inconfortable s'installait dans son esprit. Elle excusait le mauvais comportement de Lyon parce que… elle *tenait* à lui.

Elle frotta sa poitrine, soudain oppressée. Ce n'était pas de l'amour, non. C'était trop tôt pour cela. Ils ignoraient encore tant l'un de l'autre et jamais elle ne lui confierait son secret.

Mais il y avait cette alchimie indéniable. Et elle appréciait sa compagnie. Elle tenait à lui en raison de sa noblesse d'âme et de sa responsabilité. Lyon avait un sens inné du bien et du mal. Tout cela faisait de lui un homme bon.

C'étaient des faits. Pas des idées dont elle s'était convaincue parce qu'elle avait des sentiments pour lui. Et c'était sur les faits qu'elle devait se concentrer.

Elle fouilla dans son sac et sortit la biographie ennuyeuse et austère de sa famille. Les réponses à la… rigidité de Lyon se trouvaient peut-être dans ces pages. Elle parcourut les premiers chapitres et finit par trouver ceux concernant l'arrière-grand-père de Lyon. Ce dernier semblait avoir été un excellent dirigeant, aimé de tous. Sa vie avait été écourtée par une crise cardiaque soudaine et c'est là que l'instabilité s'était installée dans le royaume.

Le prince héritier suivant, frère de la grand-mère de Lyon, n'avait apparemment rien fait de très grave ni d'illégal. Mais il était mort jeune, lui aussi d'une crise cardiaque.

Le suivant, un de ses frères, avait dû abdiquer au bout d'un an en faveur de son frère, car il avait été révélé qu'il piochait dans les caisses du palais pour rembourser ses dettes de jeu.

Le prince suivant avait régné trois ans, jusqu'à ce que plus aucune domestique femme n'accepte de travailler au palais. Il était facile de deviner pourquoi. Il avait abdiqué, prétextant des problèmes de santé, et ensuite cela n'avait fait que se dégrader. Fils, frères, chaque histoire était un peu plus salace que la précédente, de sorte que Beau dut consulter Internet pour obtenir des informations au sujet des actes les plus méprisables, que le biographe avait préféré passer sous silence. Des prostituées à qui l'on donnait carte blanche et qui pillaient allègrement les trésors du palais. Des liaisons qui s'achevaient en querelle publique. Une relation inappropriée avec une jeune fille mineure, qui aurait valu au prince héritier d'être mis en prison s'il n'avait à son tour subi une « crise cardiaque ».

Oui, Lyon avait bien dans son passé toute une lignée d'hommes qui avaient été incapables de se contrôler et de contrôler leur pouvoir.

Beau ne comprenait pas pourquoi les méfaits de ces anciens princes étaient comme une corde qui lui enserrait le cou, mais c'était pourtant le cas et c'était ce qui expliquait ses accès de colère, dus à la peur et à la souffrance.

Elle referma le livre et le mit de côté, songeuse. Si Lyon pensait sincèrement que céder à ses désirs l'entraînait sur une pente glissante vers la destruction, alors peut-être ne devrait-elle pas être en colère contre lui ?

Ou alors serais-tu en train de devenir comme ta mère ?

Beau fronça les sourcils en chassant cette pensée. Elle n'allait pas se plier en quatre pour lui, mais elle lui avait promis qu'elle serait l'épouse dont il avait besoin.

Et, si cela signifiait ignorer le désir fou qu'elle éprouvait pour lui et le fait qu'elle se sentait *vivante* entre ses bras, eh bien soit. C'était le marché qu'elle avait passé, n'est-ce pas ?

Beau poussa un soupir. Elle commençait à avoir grand faim, alors elle se leva et sortit de la pièce. Dès qu'elle fut dans le couloir, elle sentit une odeur alléchante qui provenait de la cuisine. Elle s'y rendit et aperçut Lyon, affairé au-dessus d'une casserole. Elle ne ressentait plus aucune colère, et cela l'inquiéta. Ne devrait-elle pas être encore fâchée contre lui ? Il avait menacé de l'enfermer. Elle aurait dû être furieuse.

Et pourtant, en le regardant cuisiner, elle ne pouvait penser qu'à ce qu'il avait dit au sujet de sa dette et de ses responsabilités.

— C'est presque prêt, annonça-t-il sans la regarder.

Beau soupira et prit place à table. Il la servit sans croiser son regard. Elle jeta un coup d'œil à son assiette, qui était remplie d'un ragoût appétissant et accompagnée de petits pains dorés.

— Tu as merveilleusement occupé ton après-midi, lança-t-elle, espérant apaiser un peu la tension qui s'étirait entre eux.

Lyon émit un murmure d'approbation avant de se mettre à table à son tour avec une assiette.

Ils mangèrent en silence et cela lui donna un peu envie de pleurer. Mais elle était déterminée à prouver qu'elle pouvait se comporter comme il le souhaitait. Alors, elle imita son comportement. Elle l'aida à débarrasser sans un mot. Quand il se retira dans leur chambre pour prendre une douche, elle lut un livre sur une chaise en attendant qu'il sorte de la salle de bains. Puis elle alla silencieusement faire sa toilette à son tour. Elle enfila son pyjama le plus ample et le plus confortable avant de retourner dans la chambre.

Lyon était déjà au lit. Il avait éteint les lumières, sauf celle de sa table de chevet. Ce petit geste d'attention la bouleversa et lui fit monter les larmes aux yeux.

Elle ne voulait pas devenir comme sa mère. Jamais elle n'aurait pensé que cela puisse arriver, jusqu'à ce qu'elle commence à développer ces sentiments doux et attentionnés pour Lyon et qu'elle se mette à envisager de faire passer les besoins de son mari avant les siens. Est-ce que cela ne ferait qu'empirer avec le temps ? Jusqu'à ce qu'elle aussi s'incline et se rabaisse pour le rendre heureux, au détriment de tout le monde ?

C'était une pensée terrible, qui la glaçait, mais elle se sentait encore plus mal de s'être disputée avec lui un peu plus tôt. Car au fond ils n'étaient pas si différents l'un de l'autre. Et son inquiétude à l'idée de tomber dans les mêmes pièges que ceux qui l'avaient précédé n'était pas si farfelue qu'elle l'avait cru au départ. Le problème, c'est qu'elle ne savait pas comment aborder le sujet avec lui. Ni comment s'excuser ou arranger la situation. Pourtant, elle ne supportait plus ce silence.

Alors, elle se glissa dans le lit en cherchant les mots justes.

— Allons-nous nous tourner dans le lit toute la nuit, ou bien est-ce que nous pouvons parler du sujet qui fâche ?

Ce n'étaient sans doute pas les mots justes.

— Il n'y a pas de sujet qui fâche, répondit Lyon d'un ton bourru.

— J'accepte que tu trouves notre... alchimie... épouvantable, fit-elle en soupirant.

— Ce n'est pas le mot que j'ai utilisé.

— Terrible ? fit-elle car elle ne savait pas comment aborder une conversation avec quelqu'un sans le taquiner.

— Ce n'est pas l'alchimie en elle-même, Beau. C'est la manière dont elle me fait me comporter.

S'il y avait un point qu'elle respectait dans toute cette absurdité frustrante, c'était qu'il se blâmait lui-même. Le plus souvent, c'était sur elle qu'on faisait reposer la faute dans une dispute.

En prendre conscience ne l'aidait pas. Car cela attendrissait un peu plus son cœur lorsqu'elle pensait à lui. Alors elle chassa cette pensée et se concentra sur ce qu'elle avait appris des relations humaines. Ses connaissances étaient *théoriques,* mais c'était déjà ça...

— J'ai lu l'histoire de tes oncles et de tes cousins. Et, ce que la biographie a passé sous silence, je l'ai cherché sur Internet.

Il n'y eut qu'un silence de l'autre côté du lit. Mais Beau ne voulait pas qu'ils retournent au palais dans ces termes. Alors elle se força à poursuivre.

— Je pense que cela m'a aidée à mieux te comprendre. Ces princes ont vraiment eu de mauvais comportements et cela rend ta place d'autant plus... difficile.

Il n'était pas dans la nature de Beau de s'excuser. Elle pensait généralement qu'elle avait raison dans tout ce qu'elle entreprenait ou affirmait. Mais ici il ne s'agissait pas d'avoir raison ou tort. Il s'agissait d'une promesse qu'elle avait faite et qui lui tenait à cœur.

— Je te prie de m'excuser, Lyon. Je... ne suis peut-être pas d'accord avec tout ce que tu as dit aujourd'hui, mais je comprends maintenant pourquoi tu l'as fait.

Lyon ne bougea pas d'un centimètre. Il continua à fixer aveuglément l'obscurité dans la pièce. Les excuses n'avaient pas beaucoup de valeur. Sa grand-mère s'était appliquée à le lui répéter à de multiples reprises.

Mais la façon dont Beau avait exprimé les siennes lui donna envie de... la croire.

— Je t'ai fait une promesse quand nous avons mis au point cet accord, poursuivit-elle. D'être celle dont tu as besoin. De te donner des héritiers et d'être une présence stable et respectable pour ton pays. Je l'avoue, je ne comprends pas pourquoi il faut suivre une ligne aussi dure au sujet du décorum alors que nous sommes censés être un jeune couple... amoureux. Mais je n'ai pas besoin de comprendre pour respecter ce que tu ressens.

Il se tourna pour lui faire face. Beau était assise sur le lit, les genoux ramenés contre la poitrine. Il faisait trop sombre pour qu'il la distingue bien, mais il voyait que ses cheveux étaient détachés et qu'ils tombaient libres autour de ses épaules.

Il ressentit un besoin irrépressible de tendre la main pour la toucher, mais il se retint. S'il cédait ce soir, non seulement ce serait un échec complet envers lui-même, mais il la trahirait. Elle lui demandait pardon. Elle déclarait qu'elle comprenait. Il devait être irréprochable.

— Ma grand-mère avait l'habitude de dire que les excuses n'ont aucune valeur, dit-il en s'asseyant comme elle. Selon elle, ce ne sont que de jolis mots destinés à faire ignorer à celui que les reçoit ce qui ne peut être réparé.

— C'est une vision sinistre. Surtout pour les excuses sincères. De plus, je ne souhaite pas que tu ignores quoi que ce soit. Je veux seulement te rassurer sur le fait que je n'ai pas oublié la promesse que je t'ai faite. Je ne peux pas te promettre d'être parfaite, cela n'a jamais été dans ma nature. Mais je te promets d'essayer.

Pendant un moment, Lyon ne trouva pas les mots. Il était plongé dans une grande confusion. Il s'était attendu à des silences glacials et peut-être à une autre dispute avant qu'ils ne retournent au palais. Il s'était préparé à devoir mettre sa menace à exécution et garder Beau hors de vue et loin de lui autant que possible. Mais elle avait tout fait voler en éclats. Avec des *excuses.* Qui semblaient si sincères qu'il ne savait comment les ignorer. Qui ressemblaient à un pont tendu entre leurs luttes et une relation apaisée et confiante.

— J'accepte tes excuses, Beau. Et je te remercie de ta compréhension.

Elle se rapprocha un peu, hésitante, jusqu'à ce que son épaule se presse contre la sienne. Il ne voulait pas la repousser. Ce n'était qu'un geste qui accompagnait sa déclaration. Elle faisait cela pour les ramener à leur accord. Il plaça donc prudemment son bras autour des épaules de Beau, sans l'attirer vers lui, mais sans la repousser.

C'était risqué. La chaleur de leurs corps se mêlait à son parfum floral. Mais c'était également doux et étrangement réconfortant. S'ils surmontaient cette épreuve, ce serait un excellent précédent à établir pour leur avenir.

Beau appuya la tête contre son épaule.

— Je ne veux pas que l'on retourne fâchés au palais, murmura-t-elle.

— Moi non plus.

Il eut envie de l'embrasser. Il voulait le doux confort de son corps à côté du sien. Sous le sien.

— Je te demande pardon, moi aussi. Je n'aurais pas dû recourir aux menaces. Elles n'ont pas leur place ici.

Elle ne répondit rien et ne bougea pas. Il aurait pu rester plongé dans cet instant pour toujours, mais même cette douceur inconnue ressemblait à une manière de penser qui pouvait tirer un homme vers le bas et l'engloutir. Peut-être davantage encore que le simple désir.

Le désir était passager. Mais éprouver des sentiments pour elle… sur quel genre de pente glissante cela le mènerait-il ?

Alors il effleura très légèrement la tempe de la jeune femme de ses lèvres.

— Bonne nuit, Beau, fit-il en se déplaçant de son côté du lit.

— Bonne nuit, Lyon, répondit-elle en s'allongeant vers le sien.

Comme cela devait être. Et comme cela serait.

12

Beau dormit. Et lorsqu'elle s'éveilla le matin suivant Lyon était déjà levé et parti. Elle resta allongée un moment, ne sachant que faire de cette étrange vague de chagrin qui s'abattait sur elle.

Qu'y avait-il de triste ? Elle avait fait amende honorable. Ils repartiraient vers le palais sur la même longueur d'onde. Comme les membres d'une famille royale respectable et stable, qui ne nourrissaient pas la moindre pensée lubrique l'un envers l'autre.

Elle gémit et se leva du lit en soupirant avant de se vêtir. Lorsqu'elle arriva dans la cuisine, Lyon était déjà habillé pour la journée. Il avait pris son petit déjeuner et débarrassé. Une assiette pleine était posée sur la table, recouverte d'un film protecteur, sûrement à son intention. Car Lyon était plein de tous ces petits gestes que personne n'avait eus pour elle dans la vie. Comment concilier cela avec un homme qui menaçait de l'enfermer – alors qu'il ne connaissait même pas son secret ?

Il l'accueillit avec un sourire. Lorsqu'elle s'assit pour prendre son petit déjeuner, il lui parla d'un oiseau qu'il avait vu voler à travers la fenêtre et il la surprit en déclarant que c'était un bon présage.

— Je ne savais pas que tu étais superstitieux.

— Seulement quand les augures sont favorables.

Cela la fit rire et elle essaya de s'accrocher à cet humour et à cette histoire, tandis qu'ils reprenaient la route en direction du palais. Dieu merci, le trajet ne fut pas aussi angoissant qu'à l'aller. Ils arrivèrent au château, qui fourmillait de monde pour un dîner assis en compagnie de la comtesse. Après deux jours passés dans la plus stricte intimité avec Lyon, Beau se sentit légèrement oppressée.

Mais elle connaissait son rôle. Elle sourit tout au long du repas et ignora les commentaires indirects de sa belle-mère au sujet de leurs *vacances.* Elle fit tout ce qu'elle put pour ressembler à la princesse qu'elle avait promis d'être à Lyon.

Au départ, c'était pour Zia qu'elle l'avait fait. C'était fou à quel point cela lui semblait différent à présent. Car c'était pour *lui* qu'elle faisait désormais tous ces efforts.

Quand ils se retirèrent dans leur chambre, toute la tension qu'elle avait ressentie la nuit précédente s'infiltra dans leurs silences. Il n'était pas en colère et elle non plus, mais il y avait ce gouffre de ne pas savoir comment se comporter l'un envers l'autre. Beau avait envie de le toucher. Cela pourrait être platonique. Elle avait juste besoin de... de...

— Je pense que nous devrions... attendre, déclara Lyon en faisant un pas sur le côté alors qu'elle s'avançait vers lui.

— Attendre ?

— Il est possible que tu sois déjà enceinte. Nous devrions attendre de voir si c'est le cas.

Chaque fois qu'il évoquait cette possibilité, elle avait le sentiment de recevoir un coup sur la poitrine. L'idée d'attendre déjà un enfant l'emplissait d'un tumulte d'émotions différentes. Une envie profonde qu'elle n'avait jamais vraiment ressentie avant que Zia ne tombe elle-même enceinte. Prendre soin de quelqu'un d'autre et lui montrer de l'amour comme ses parents ne l'avaient jamais fait. Beau avait envie de cela. La pensée de *l'amour* lui causait également d'étranges douleurs ces jours-ci, car lorsqu'elle regardait Lyon elle ressentait le désir de lui donner ce qu'il voulait. Et de le rendre heureux.

Elle espérait donc être enceinte. Pour lui, autant que pour elle-même.

Mais elle s'était suffisamment documentée sur la question pour savoir que cela n'arrivait pas systématiquement après un rapport sexuel. C'était ce qui s'était passé pour Christhian et Zia, alors avec un peu de chance…

Mais si ce n'était pas le cas ? Ils avaient besoin d'héritiers.

Lyon se tenait debout, à distance d'elle, les mains dans le dos. Manifestement mal à l'aise, mais résolu à respecter la décision qu'il avait prise. Seul.

— Et si je ne suis pas enceinte ?

— Alors, nous élaborerons un programme.

— Un programme ?

Lyon plissa les lèvres, mais il ne se mit pas en colère.

— Faut-il vraiment que je t'explique ce qu'est un programme ?

— Non.

Beau détourna le regard. Elle se sentait petite. Et furieuse de s'être abaissée en autorisant quelqu'un à la faire se sentir ainsi. Elle s'était promis de laisser cela derrière elle en échappant à l'emprise de son père.

Et, maintenant, elle ne voulait *pas* que cela recommence. Elle devait trouver un moyen de le débarrasser de cette raideur tout en le rendant heureux. Retrouver l'aisance qu'ils avaient partagée l'un avec l'autre. Pas seulement sur le plan sexuel.

— Il y a des moments où une femme est plus… susceptible de tomber enceinte, n'est-ce pas ? reprit Lyon. Nous élaborerons donc un programme fondé sur les périodes les plus appropriées.

Beau se retrouva à hocher la tête, alors même qu'elle trouvait cette idée… affreuse. Un programme ? Pour coucher ensemble ? Alors qu'ils adoraient ça ?

Elle lui avait promis qu'elle comprenait. Et qu'elle serait la princesse dont il avait besoin. Si cela signifiait attendre et planifier… eh bien, cela valait toujours mieux que d'être enfermée.

Les jours passèrent et Beau s'installa dans sa vie de princesse héritière de Divio. Elle dînait avec Lyon, et parfois la comtesse se joignait à eux. Elle commença à développer des projets avec son assistante personnelle. Elle parlait à Zia presque tous les jours et elle suivit même son mariage avec Christhian, via une vidéoconférence.

À travers l'écran de son téléphone, elle les avait regardés tandis qu'ils échangeaient leurs vœux et elle avait été bouleversée par l'amour qui brillait dans leurs yeux. Beau était folle de joie pour Zia. Et ravie qu'ils aient tous deux trouvé leur liberté.

La vie qu'elle menait à présent était meilleure que celle qu'elle avait vécue à Lille. Chaque jour, Beau se le répétait pour en être convaincue. Et elle *l'était*, effectivement.

Même si chaque soir elle se glissait dans son lit avec son mari et qu'il lui tournait le dos. Même s'il ne lui tenait jamais la main en public. Bien sûr, Lyon se montrait courtois et gentil. Il s'assurait que les livres qu'elle voulait étaient commandés, les plats dont elle avait envie, préparés. Ils parlaient de lecture et se conseillaient l'un l'autre des ouvrages qu'ils lisaient.

Ils avaient développé une amitié. C'était mieux que les rêves les plus fous qu'elle avait fomentés lorsque, au château de ses parents, elle était enfermée à clé dans une pièce avec la menace d'un internement en asile.

C'était *mieux*.

Elle s'en convainquit pendant deux semaines puis, lorsqu'elle s'aperçut un après-midi qu'elle n'était pas enceinte, elle dut se résoudre à accepter la vérité.

Elle était malheureuse.

— Votre Altesse ?

Lyon détourna son regard de la fenêtre pour le poser sur M. Filini qui lui parlait du dîner parlementaire prévu prochainement. Il ne savait pas exactement à quel moment ses pensées s'étaient égarées, ni quelles informations il avait manquées, car son esprit avait été accaparé par Beau.

Cela devenait frustrant. Il ne parvenait pas à se concentrer, ni à demeurer dans l'instant présent. Chaque jour, cela le rendait de plus en plus mal à l'aise.

Ce n'était pas seulement lié au fait qu'il la désirait sans arrêt.

D'un feu qui ne semblait pas vouloir s'éteindre. Mais il parvenait à le contrôler, à y résister. Et il avait presque le sentiment de l'avoir vaincu.

En vérité, il s'inquiétait pour Beau et il ne comprenait pas pourquoi. Tout se passait exactement comme cela devait être. Et comme ils l'avaient convenu. Cela faisait presque deux semaines qu'ils étaient revenus au château. Mais peu importe à quel point il s'efforçait de l'ignorer, la façon dont ils avaient été ensemble au chalet lui manquait. Y compris les tourments qu'ils avaient traversés et qui avaient au moins été… réels. À présent, il avait le sentiment qu'ils étaient les acteurs d'une comédie. Mais cela valait mieux que d'échouer dans tout ce qu'il avait entrepris de faire.

Lyon devait trouver un moyen de cesser de penser à elle comme il le faisait. En se demandant à quoi elle s'occupait ou bien où la menaient ses réflexions fascinantes plutôt que de se concentrer sur les tâches qui étaient les siennes. À savoir gouverner un royaume.

— Une liste de ce qu'il vous reste à signer sera sur votre boîte mail dans moins d'une heure, monsieur, déclara M. Filini.

— Merci, répondit Lyon.

Sans doute n'avait-il pas été très concentré ces derniers temps, mais tout se passait comme il se doit. Les tensions avec le Parlement s'apaisaient et la réaction du public à l'égard de Beau était de plus en plus positive.

Mais, bon sang, il n'arrivait pas à se détendre.

Peut-être devrait-il parler à Beau. Et lui demander franchement ce qui n'allait pas. Ainsi, la jeune femme prendrait moins de place dans son esprit. Il pourrait résoudre ce *Dieu sait quoi* qui la contrariait, et alors il n'aurait plus l'impression que sa cravate et toutes ses vieilles angoisses l'étouffaient à la fin de chaque journée.

À moins que ce ne soit… leur manque d'intimité qui la troublait autant ? Pourtant, Beau lui avait déclaré qu'elle comprenait ce point. Et elle s'était *excusée* de ne pas l'avoir saisi dès le départ.

Ils devaient en discuter. Il n'y avait pas d'autre moyen. Lyon n'était pas un lâche. Il lui poserait la question et elle lui répondrait. Il réglerait le problème. Et ce serait terminé.

Il grimpa les escaliers en direction de leurs appartements. Beau n'était ni dans le salon ni dans leur chambre, mais avant qu'il ne puisse l'appeler elle sortit de la salle de bains.

Elle lui adressa un sourire en le voyant, mais il remarqua tout de suite qu'elle avait pleuré. Il en était certain. Ses yeux étaient rouges et gonflés. Jamais il ne l'avait vue dans un tel état. Et il eut l'impression que tout son être s'effondrait comme un château de cartes. Il s'avança vers elle tandis qu'une pensée terrible s'emparait de lui : si Beau n'allait pas bien, rien n'irait.

— Est-ce que tout va bien ?

— Oui, dans l'ensemble, répondit-elle en essayant de conserver son sourire, lequel vacilla pourtant. Je… je ne suis pas enceinte. Ce n'est pas une tragédie, bien sûr. C'est juste que…

— Ah, se contenta-t-il de dire, conscient que sa réponse était parfaitement insipide.

Lyon aurait voulu la serrer dans ses bras pour prendre un peu de cette souffrance qu'elle s'efforçait de camoufler, mais il ne pouvait pas se le permettre.

Ce n'était pas une tragédie, elle avait raison, mais manifestement cette nouvelle l'attristait et il aurait aimé la réconforter, mais il n'y avait pas grand-chose à dire de plus.

Il aurait dû être lui-même déçu mais en vérité, l'espace d'une seconde fulgurante, tout ce qu'il parvint à penser fut qu'il allait pouvoir la toucher de nouveau. Et apaiser un peu cette torture permanente qu'il s'infligeait en gardant ses distances avec elle et en s'interdisant de la prendre dans ses bras. Il accomplirait de nouveau son devoir royal.

À ce moment-là, il comprit que ce qu'il avait souhaité véritablement, c'était une excuse pour pouvoir la toucher. Parce que, au fond, il était égoïste. Comme ceux qui l'avaient précédé.

— Je me suis documentée, reprit-elle en s'écartant légèrement de lui. Il est tout à fait courant que la conception d'un enfant prenne du temps, surtout pour le premier. Cela peut aller jusqu'à un an, même lorsque les deux partenaires sont en parfaite santé.

Beau regarda par la fenêtre, comme si quelque chose de particulièrement passionnant se trouvait loin, là-bas, au-delà des montagnes.

— Oui, je suppose que c'est logique, répliqua-t-il.

Pourquoi était-il aussi raide ?

— La bonne nouvelle, c'est que les jumeaux de Zia sont nés, reprit Beau tandis qu'un sourire sincère éclairait un peu son joli visage triste. J'aimerais que nous puissions planifier ma visite auprès d'eux.

Beau lui avait parlé du mariage de Zia et Christhian Sterling. Elle l'avait informé qu'ils attendaient des jumeaux et qu'elle souhaitait leur rendre visite après l'accouchement pour faire la connaissance de sa nièce et de son neveu.

— Bien sûr, répondit-il. Mais je crains qu'il ne soit préférable d'attendre que le dîner parlementaire ait eu lieu.

Beau hocha la tête.

— Ce n'est pas un problème, assura-t-elle. Je suis sûre que Zia sera contente d'être tranquille quelques jours pour s'installer avec sa nouvelle famille.

— Nous irons ensemble, déclara Lyon.

Il voulait la réconforter et, dans la mesure où il ne trouvait pas les mots, il se disait qu'un acte pourrait faire l'affaire.

— Tu pourrais t'éloigner de Divio ? demanda-t-elle d'un air incrédule mais, dans ses yeux, il vit passer une lueur qu'il n'avait pas vue depuis longtemps.

Et qui ressemblait à... de l'espoir.

— Peut-être pas tout de suite, mais je trouverai quelques jours. Et puis, cela fera du bien à notre image. Ce sera vu comme la preuve qu'il n'y a pas de rancune entre Zia et moi.

La lumière dans les yeux de Beau disparut et laissa un vide qui s'insinua en lui comme un vent glacial. Et cette angoisse familière le poussa à desserrer sa cravate, comme s'il étouffait à nouveau.

— Donc il n'existe pas de rancune ? demanda Beau d'une petite voix sans croiser son regard.

Pourquoi avait-il évoqué Zia alors qu'il n'avait plus pensé à elle depuis des lustres ? Alors que c'était Beau qui occupait toutes ses pensées, qu'il le veuille ou non ?

— Aucune, fit-il.

Beau poussa un soupir et son regard se tourna à nouveau vers la fenêtre, faisant briller ses yeux d'une lueur presque verte. Sa voix était rauque lorsqu'elle reprit la parole.

— Zia aurait été une meilleure épouse pour toi.

Il perçut l'angoisse dans sa voix et, en voyant ses épaules s'affaisser, il ne put en supporter davantage et s'avança vers elle. Puis il lui souleva très délicatement le menton pour la forcer à le regarder.

— Tu es la meilleure épouse que je puisse espérer, murmura-t-il.

Beau le mettait à l'épreuve, c'est certain, mais à tous les autres égards elle était meilleure que tout ce qu'il avait imaginé. Elle s'occupait parfaitement du personnel. Elle supportait dignement les commentaires acerbes de sa mère et elle le comprenait d'une manière… différente des autres.

Bien sûr, sa mère le comprenait, mais elle dépendait de lui. Pour qu'il défende son nom, le royaume et la lignée dont elle venait. Beau le comprenait et… le soutenait. Elle avait reconnu que sa place était… compliquée.

La jeune femme l'étudia attentivement et il nota que ses yeux brillaient encore de larmes, puis elle détourna le regard.

— Cela serait-il inconvenant si je manquais le dîner de ce soir ? demanda-t-elle.

Lyon se sentait perdu. Il ne savait absolument pas comment arranger la situation, sinon en lui accordant tout ce qu'elle voulait et qu'il était capable de lui accorder.

— Non, bien sûr, fit-il doucement. Il n'y a pas d'événement particulier ce soir. Je veillerai à ce qu'on t'apporte à dîner.

Elle hocha la tête.

Ne sachant que faire de ce silence oppressant et gagné par un sentiment global d'insatisfaction, il se préparait à sortir lorsqu'elle l'apostropha à voix basse.

— Lyon ?

Il s'immobilisa et se retourna pour lui faire face, mais elle ne le regardait toujours pas.

— Est-ce que je te rends heureux ?

Le bonheur, ce n'était pas ce qu'il ressentait. Le bonheur lui semblait être simple, et rien dans ce que cette femme provoquait et dans ce qui se déchaînait au plus profond de son être n'était assimilable à du bonheur.

Mais c'était… bien. Positif. Elle était un élément positif dans sa vie. Il hocha donc la tête.

— Oui, Beau. Tu me rends très heureux.

Les lèvres de la jeune femme se courbèrent dans ce qui s'apparentait à un sourire, mais qui valait mieux de toute façon que ce masque vide qu'elle avait arboré jusque-là.

— Très bien, dit-elle. Si tu veux bien demander à M. Filini de me transmettre une copie du document de protocole remis aux invités pour le dîner parlementaire, je le passerai en revue ce soir.

— Tu as déjà celui qui est prévu pour la princesse héritière.

— Oui, mais j'aimerais aussi comprendre ce qu'on attend des invités. Afin de m'assurer de pouvoir les mettre à l'aise par tous les moyens possibles.

— Tu n'es pas obligée de faire cela.

— J'y tiens, répliqua-t-elle d'un ton ferme.

— Très bien, déclara Lyon. Ce sera fait, alors.

— Parfait.

Ils se fixèrent un moment. Elle demeura silencieuse et il ne savait absolument pas quoi lui dire.

Alors… il partit.

13

Beau ne pouvait pas faire semblant d'être heureuse. Le malheur semblait s'infiltrer dans tous les recoins de son existence. Chaque instant ressemblait à une corvée. Elle s'efforçait de garder une vision positive, mais la seule chose qui la faisait se sentir un tant soit peu joyeuse et vivante était ses appels vidéo avec sa sœur et ses bébés, ainsi que les livres extravagants dans lesquels elle se plongeait pour s'occuper l'esprit. Des histoires de dragons et d'univers parallèles, de voyages dans le temps et de mondes postapocalyptiques susceptibles de lui faire oublier l'ennui de son monde réel.

Un monde dans lequel elle était de plus en plus amoureuse de son mari, et de plus en plus malheureuse à cause de cela. Et, même si elle n'avait pas souffert d'une autre crise de panique depuis celle du chalet, cela ne suffisait pas à la rendre heureuse pour autant.

Elle faisait tout ce qu'elle s'était juré de ne jamais faire. Se rabaisser, dans l'objectif de rendre un homme heureux. Tout cela parce qu'il avait déclaré qu'elle était la meilleure épouse qu'il puisse espérer. Et parce qu'il avait affirmé qu'elle le rendait heureux. Alors jour après jour, peu importe le nombre de nuits qu'elle passait à se réprimander de tomber aussi bas, elle se pliait en quatre pour être telle qu'il souhaitait la voir.

Après son coup de fil matinal à Zia, Beau se plongea dans l'histoire d'une jeune femme qui traversait un portail vers un monde peuplé de dragons, de fées et de sorcières. C'était toujours mieux que de se torturer en se demandant si son mari allait la toucher à nouveau un jour, ne serait-ce que pour concevoir ces héritiers dont il avait tant besoin…

La comtesse choisit ce moment précis pour entrer dans la bibliothèque et, en voyant l'air de désapprobation qui s'affichait sur tous les plis de son visage, Beau réprima à grand-peine un soupir.

— Eh bien, fit remarquer la femme mûre d'un ton amer. Ce doit être bien agréable de se détendre quand tout le monde au palais s'active pour préparer le dîner parlementaire de demain.

Beau lui adressa un sourire, ainsi qu'elle le faisait toujours. Pas par politesse, mais parce qu'elle avait remarqué que cela exaspérait encore plus la comtesse.

— Quelle interruption bienvenue dans ce cas ! s'exclama-t-elle. Je pensais m'être préparée de toutes les manières possibles, mais peut-être ai-je oublié quelque chose ?

La comtesse renifla.

— Disons que *je* me serais assurée de me mettre au courant de tout dans les moindres détails plutôt que de lire ces… saletés.

— Ah, eh bien, il se trouve que je me suis mise au courant de *tout* dans les moindres détails. D'où cette saleté.

Sa belle-mère eut un rire méprisant qui eut le don d'irriter fortement Beau. Elle détestait qu'on la prenne pour une idiote. Et elle détestait plus encore la façon dont la comtesse ne cessait d'insinuer qu'elle aurait pu mieux faire. Pas étonnant que Lyon soit obsédé par le contrôle et le fait d'agir comme il fallait, après avoir été élevé par une femme comme elle. Sans compter tout ce qu'elle avait appris au sujet de sa grand-mère.

— Interrogez-moi, proposa-t-elle en se retenant à grand-peine de lancer son livre, comme un gant que l'on jetterait à la figure de quelqu'un.

— Je vous demande pardon ?

— Si vous estimez que je n'ai pas les connaissances requises pour gérer cet événement, interrogez-moi, insista Beau en s'efforçant de conserver son sourire. J'aimerais avoir le loisir de vous prouver que vous avez tort.

— Inutile de vous adresser à moi de cette façon, jeune fille.

Beau se trouvait tout à fait calme, mais elle savait qu'il était vain de se disputer avec quelqu'un qui veut vous montrer que vous êtes en faute.

— Je vous demande pardon, fit-elle. J'essaye simplement de vous dire que je serais heureuse de vous prouver que je suis parfaitement prête pour cet événement et que vous n'avez donc pas à vous inquiéter.

La comtesse émit un son hautain avant de se préparer à quitter la pièce. Mais elle dut changer d'avis, car elle se retourna au bout de quelques pas.

— Qui est Giorgio Amato ? lança-t-elle.

— Le député de Cana. Son épouse se prénomme Amélie. Elle est française. Ils ont deux filles. Voulez-vous savoir comment elles s'appellent ?

La comtesse prit un air pincé.

— Et qui sera assis à la table secondaire ?

— Les assistants parlementaires accompagnés de leurs invités. Je peux vous citer des noms si vous le souhaitez.

— Ce ne sera pas nécessaire.

— Très bien, répliqua Beau.

Puis, pour essayer d'arranger les choses car c'était nécessaire pour parfaire son rôle de princesse *respectable,* elle reprit :

— Je comprends que cela puisse être… inquiétant de vous dire que je ne saurai pas être à la hauteur du rôle que vous avez assumé durant la première année du règne de Lyon. Tout le monde m'a dit à quel point vous étiez parfaite et c'est pour moi un défi immense.

C'était un peu exagéré, sans doute. Jamais elle n'aurait fait cela pour elle-même. Mais pour Lyon ?

Quelle idiote elle était…

— Vous voyez, reprit-elle, il se trouve que j'ai une excellente mémoire. En plus de consulter les dossiers relatifs à chacun des invités du dîner, j'ai également parcouru un livre sur l'histoire de

Divio, l'étiquette parlementaire et le protocole envoyé aux convives. Pensez-vous à autre chose que j'aurais pu lire ?

Se plier, s'incliner, se rabaisser.

Exactement comme ta mère.

— Peut-être auriez-vous pu ne pas attendre la veille avant de me demander de l'aide, siffla la comtesse d'un air pincé.

Très bien. Très bien.

Mais Beau se sentait d'humeur hargneuse et cela lui faisait du bien. C'était même merveilleux de ressentir autre chose qu'un détachement engourdi vis-à-vis de tout ce qui l'entourait.

— Je demanderai de l'aide à *Lyon* si j'en éprouve le besoin, déclara-t-elle avant d'ajouter un « merci » pour ne pas paraître trop impolie.

— Mon fils a un royaume à gouverner, répliqua la comtesse. Vous l'avez déjà suffisamment distrait.

— Distrait ?

Alors que son mari la regardait à peine et qu'il faisait tout ce qu'il pouvait pour rester à distance d'elle ? Beau doutait beaucoup – malgré le fait qu'il avait déclaré qu'elle le rendait heureux – d'être un sujet de distraction pour lui.

— Il n'est plus le même depuis que vous êtes revenus de cette petite lune de miel, fit remarquer sa belle-mère. C'est votre faute.

Sa faute ? Si seulement elle avait pu être en tort pour quoi que ce soit, au moins, elle aurait été en mesure d'y remédier.

— Ne vous est-il jamais venu à l'esprit que vous pourriez être fautive, vous aussi ? lança Beau, consciente qu'elle commettait une erreur.

Car Lyon ne serait pas content. Mais elle ne s'en souciait plus. Elle avait besoin de briser quelque chose. Et si c'était eux, eh bien, qu'il en soit ainsi.

— Fautive en lui imposant ces attentes déraisonnables, poursuivit-elle. Et en exigeant de lui qu'il soit si parfait qu'il est maintenant terrifié à l'idée de faire le moindre faux pas ?

Elle reposa son livre d'un coup sec et se leva avant de regarder la comtesse choquée, droit dans les yeux.

— Pas seulement vous, poursuivit-elle. Votre mère également.

— Comment osez-vous évoquer ma mère ?

— J'ai beaucoup entendu parler d'elle. Toujours dans des termes brillants et élogieux et pourtant tout ce que je vois, c'est une femme si obsédée par le contrôle qu'elle ne se souciait pas de la façon dont cela pourrait blesser un petit garçon.

La comtesse recula comme si on venait de la gifler et Beau sut qu'elle en payerait le prix. De bien des façons, son éclat se retournerait contre elle, mais elle n'avait pu s'en empêcher. Après toutes ses semaines passées à refouler ses sentiments, elle voulait les ressentir *tous* à nouveau.

— Je pense que la distraction serait sans doute le meilleur remède pour un homme qui est persuadé que le destin entier de son pays repose sur chacun de ses pas.

La colère était un pouvoir, mais c'était aussi une émotion. Et Beau sentit que ses émotions prenaient le dessus. Elle s'en aperçut à la façon dont ses jambes commencèrent à s'engourdir, sa vision à s'obscurcir et, l'espace d'un moment terrifiant, elle ne parvint plus du tout à respirer.

Hors de question d'avoir une crise de panique devant la comtesse. Elle agit donc rapidement. Elle passa devant sa belle-mère, ignorant ses protestations outrées. Et si elle ne courut pas en direction de ses appartements elle marcha bien plus vite que d'habitude. Elle grimpa les escaliers en s'efforçant de compter dans sa tête et de respirer. Elle atteignit le couloir qui menait à sa suite, mais alors elle manqua de s'effondrer en voyant Lyon en sortir et venir à sa rencontre.

Pas encore. Pas encore. Pas encore.

Il dit quelque chose, mais elle ne l'entendit pas. Elle passa devant lui sans le regarder.

— Beau, que se passe-t-il ?

Elle devina qu'il la suivait, mais elle ne se retourna pas et continua à avancer. Cependant, elle rassembla toutes ses forces pour réussir à lui répondre, aussi distinctement qu'elle le pouvait.

— J-j-j-j'ai eu une dispute en public avec ta mère. Elle a prétendu que je te d-d-distrayais, alors je lui ai dit qu'elle avait placé sur toi des attentes t-t-tellement dé-dé-déraisonnables que maintenant tu as si peur de commettre une erreur que plus r-r-rien d'autre ne compte à tes yeux.

Les larmes jaillirent de ses yeux et, alors qu'un sanglot menaçait de lui échapper, Beau entra dans la chambre et claqua la porte derrière elle.

Elle la verrouilla avant de s'effondrer au sol à l'instant où ses tremblements prenaient le dessus. Elle repensa à ce moment chez Christhian, quelques semaines auparavant, lorsqu'elle avait eu une crise après avoir entendu son père la réprimander sur tous ses échecs.

Il avait eu raison.

Tout ce qu'elle savait faire, c'était échouer.

Lyon fixa la porte qui venait d'être claquée devant son nez, essayant de comprendre ce qui avait pu arriver. Il n'avait jamais vu Beau aussi agitée. Elle bégayait. Elle avait du mal à respirer. Cela lui rappelait presque…

Puis il entendit des pas et il se retourna pour voir entrer sa mère dans le salon où il se tenait. Mais il était hors de question de parler ici. S'il y avait déjà eu une dispute en public, il fallait absolument étouffer cela dans l'œuf avant qu'il ne soit trop tard. Il saisit donc le bras de sa mère, puis il l'entraîna à travers le couloir jusqu'à un bureau qui était peu utilisé.

Il referma soigneusement la porte derrière eux avant de jeter un coup d'œil à la comtesse. Celle-ci avait le teint vif et ses yeux brillaient de colère. L'espace d'un instant, elle lui rappela sa grand-mère, cette femme qu'il avait idolâtrée.

Je lui ai dit qu'elle avait placé sur toi des attentes tellement déraisonnables que maintenant tu as si peur de commettre une erreur que plus rien d'autre ne compte à tes yeux.

Déraisonnable n'était pas le terme exact. Sa mère et sa grand-mère avaient placé des attentes sur lui parce que personne d'autre n'était digne de confiance, ni capable de gérer la situation. Elles lui avaient donné la force et l'assurance nécessaire pour qu'il soit convaincu d'y arriver.

L'espace d'un instant, il se rappela ce moment étrange au chalet, quand Beau lui avait présenté ses excuses. Ce geste que sa grand-mère avait toujours balayé de la main en prétendant qu'il ne valait rien. Pour première fois, Lyon avait envisagé que cette femme qu'il idolâtrait puisse avoir eu tort.

Et avant cet épisode Beau n'était pas parvenue à comprendre qu'il puisse *représenter* une dette dont il devait s'acquitter. Peu importent ses explications, cette information était restée insensée aux yeux de la jeune femme. Était-ce parce que cela lui semblait... mal ?

Soudain, Lyon eut le sentiment que toutes ses certitudes vacillaient. Avait-il été aveuglé depuis l'enfance ?

— Que s'est-il passé ? demanda-t-il à sa mère.

Il devait se recentrer sur la tâche à accomplir. La dispute publique qui venait d'opposer la comtesse et son épouse, et la meilleure manière de... régler cette situation.

— Ta femme vient de faire une scène, Lyon. D'abord elle a essayé de me ridiculiser, puis elle a lancé une série d'accusations sauvages. Et ensuite elle s'est enfuie. C'est pour cela qu'elle était cachée. C'est une fille gâtée et...

— Vous ne parlerez pas de Beau dans ces termes, coupa Lyon d'un ton ferme.

— As-tu entendu ce que je viens de te dire ? hurla presque sa mère.

Il prit son temps pour lui répondre, affichant un calme absolu, au grand désarroi de la comtesse.

— Vous avez eu une prise de bec, finit-il par déclarer d'un ton tranquille. C'est malheureux.

Les yeux de sa mère étaient fous, mais elle ne cria plus. À la place, elle inspira prudemment. Le venin palpitait dans chacun des mots qu'elle prononça d'une voix posée et douce. Sa mère et sa grand-mère avaient toujours réussi à enrober leur fureur dans un fourreau de glace calme et tranchant.

— En public, Lyon. Là où n'importe quel membre du personnel aurait pu voir et comprendre qu'elle n'est *pas* ce dont toi ou ce pays avez besoin.

Lyon comprit alors son erreur. Il avait espéré qu'avec le temps sa mère verrait à quel point Beau était parfaite pour lui. Il aurait dû le lui expliquer plus clairement. Cette dispute était donc sa faute. Et il devait la régler. Pour cela, il convenait en premier lieu de montrer à la comtesse à quel point elle était ridicule.

— Souhaitez-vous que je divorce ? demanda-t-il d'un ton neutre.

— Bien sûr que non. Ce serait un tel scandale ! Le contraire de la stabilité que tu m'avais assuré pouvoir gérer.

Lyon l'étudia un instant en silence. Avait-il assuré une telle chose à sa mère ? Il ne se le rappelait pas. Il se souvenait seulement que sa mère et sa grand-mère avaient insisté pour qu'il s'en charge. Qu'il en soit capable ou non, c'était sur *ses* épaules que cela reposait. Et maintenant elle prétendait que c'était *lui* qui l'avait réclamé ?

— Dans ce cas qu'espérez-vous accomplir en l'attaquant de cette façon ? Elle est la princesse. Mon épouse. Je ne peux pas divorcer d'elle, alors pourquoi envenimer cette histoire ?

Le visage de la comtesse afficha d'abord une indignation outrée, puis elle le transperça de ce regard qui lui rappelait tant sa grand-mère, et Lyon se prépara à l'attaque. Car c'était toujours ce qui arrivait quand elles le regardaient ainsi.

— Tout cela pourrait être réglé si tu n'avais pas un tel faible pour elle, siffla-t-elle d'un ton méchant. Tu finiras par commettre une erreur.

Bien sûr. Toujours *lui*.

Il desserra sa cravate, gagné par cette sensation familière d'étouffement qui devenait de plus en plus fréquente.

— Il ne faut pas, chuchota sa mère en se penchant vers lui,

même s'ils étaient seuls dans cette pièce qu'il avait soigneusement fermée à clé. As-tu pris tes médicaments ? ajouta-t-elle en tentant de renouer sa cravate.

Lyon recula.

— Oui, mère.

Un secret bien gardé, évidemment, mais les anxiolytiques étaient le seul moyen qu'il avait trouvé pour surmonter les crises d'angoisse durant son adolescence. Celles-ci s'étaient calmées lorsqu'il avait eu vingt ans… à la mort de sa grand-mère. Comment avait-il pu ne pas faire le lien jusqu'à cet instant ?

Lyon eut soudain envie de rire. Il s'était dit que le chagrin avait apaisé son anxiété, comme si un sentiment pouvait prendre le dessus sur un autre, mais avec le recul il se rendait compte à quel point c'était ridicule.

Son anxiété avait diminué parce que l'une de ses sources avait disparu. Il secoua la tête. C'était une pensée terrible vis-à-vis de cette femme qui lui avait tant donné. De plus, cela concernait le… passé. Et Lyon devait faire face au présent.

Le dîner parlementaire aurait lieu le lendemain et il fallait que tout le monde s'accorde, afin de montrer aux yeux du peuple qu'ils formaient une unité stable et respectable.

— Qu'est-ce qui vous dérange chez Beau ? demanda-t-il à sa mère. Est-ce elle, en tant que personne, ou bien ce prétendu faible que j'aurais pour elle ?

— *Prétendu* ? J'ai des yeux. Tu es mon fils et je te connais. Le but de ce mariage est un partenariat. Un arrangement. Pas de… l'amour.

Elle avait raison. C'était l'objectif. Et Lyon ne l'avait jamais remis en question. Jusqu'à ce qu'une émotion bien trop proche de *l'amour* ne s'empare de lui. Il avait peur des points faibles, du désir et de tout ce qui menaçait sa concentration.

Comme l'amour.

Parce qu'on lui avait appris à craindre tout cela. Mais il savait aussi, même s'il ne gardait aucun souvenir de son père, que sa mère n'avait jamais évoqué ce dernier comme un… pion. Leur mariage n'avait pas été le fruit d'un arrangement.

— Vous aimiez père.

La comtesse cligna des yeux avant de se détourner.

— Nous devons régler le problème en cours. Pas les histoires anciennes.

— Mère, vous l'aimiez.

Comme si elle devinait que son fils n'abandonnerait pas le sujet, elle soupira.

— Oui, avoua-t-elle sans pour autant se tourner vers lui. Mais qu'est-ce que cela a à voir avec tout cela ? Je ne portais pas la couronne.

— En quoi porter la couronne rend si terrible le fait que j'aime Beaugonia ?

Elle se tourna alors et, sur son visage, il vit toutes les similitudes avec sa grand-mère. Le regard sombre et la façon dont sa bouche s'effaçait lorsqu'elle était en colère.

— Tu es le prince régnant. C'est ton pays que tu dois aimer par-dessus tout. Sinon, comment pourrais-tu t'élever au-dessus de l'héritage qu'ont laissé les hommes de notre famille ?

Des années auparavant, alors qu'il était très jeune, Lyon avait eu le culot de demander à sa grand-mère pourquoi cette responsabilité lui incombait *à lui*. Elle l'avait durement giflé. Il avait pleuré et cela lui avait valu d'aller dans sa chambre sans dîner. Il avait effacé ce souvenir de son esprit, comme tous ceux de sa grand-mère qui lui étaient pénibles. Il préférait se rappeler la femme puissante qui l'avait façonné. Lui et…

— Elle ne vous a jamais laissé le choix à vous non plus ?

— De quoi parles-tu ?

— Quelle pression a-t-elle exercée sur vous ?

— Qui ça ?

— Votre mère.

— C'est ridicule, fit la comtesse en fronçant les sourcils. Ta femme vient de faire une scène et maintenant tu veux parler de ta grand-mère ?

— Oui. Parce que nous en revenons toujours à elle, n'est-ce pas ? C'est à cause d'elle que nous sommes ici maintenant. Terrifiés à l'idée d'aimer ou d'accepter nos points faibles. Tout ce que les gens normaux considèrent comme normal et positif.

— Ma pauvre mère a vu sa famille détruire chacune des parcelles de l'honneur que son père et son grand-père avaient bâties. Au lieu de rester passive, elle s'est concentrée sur nous. Et sur la façon dont nous pourrions sauver notre famille. Cela ne pouvait pas être moi, Lyon. Mais elle m'a tout appris, au cas où je lui donnerais un fils.

En paiement d'une dette. Lyon avait toujours trouvé cette histoire acceptable. Mais, en repensant à la façon dont Beaugonia l'avait regardé quand il avait tenté de le lui expliquer, il sentit son ventre se nouer. La perspective de faire un enfant avec elle et de s'ouvrir à la possibilité de l'amour bousculait toutes ces certitudes.

Son enfant ne serait jamais le paiement de quoi que ce soit. Il serait une personne. Un héritier, oui, mais avant tout un enfant.

— Au cas où vous *lui donneriez* un fils ? demanda-t-il doucement à sa mère.

La comtesse se détourna. La colère et la frustration se lisaient dans chacun de ses gestes brutaux.

— Tu ressembles tellement à ton père ! Il avait tort à son sujet. Mais il est mort et je me suis retrouvée avec elle. Et toi.

— Tort à son sujet ? Je croyais que grand-mère approuvait mon père.

— Oui car c'était un homme bon, issu d'une famille respectable. Il était droit et honnête, mais il trouvait ta grand-mère... difficile. Il ne la comprenait tout simplement pas.

C'est la première fois que Lyon en entendait parler. La première fois qu'il posait cette question. Parce que... sa grand-mère le décourageait de parler de ceux qui n'étaient plus là. C'était du moins ce qu'elle disait, tout en évoquant sans cesse son propre père.

— C'est lui qui ne comprenait pas, ou bien c'est ce qu'elle prétendait ?

Sa mère leva les yeux vers lui comme s'il venait de la poignarder.

— Pourquoi parlons-nous de cela, Lyon ?

Il l'ignorait. Il savait seulement que cela ouvrait la voie à des vérités. Des vérités qu'il avait essayé de refouler depuis leur séjour au chalet. Cette manière qu'avait eue Beau, sans le vouloir, de bousculer tout ce qu'il avait cru au sujet de sa grand-mère. Et en regardant sa mère à présent il se voyait lui-même. Elle aussi avait cru aux vérités froides et dures de sa mère. Le père de Lyon l'avait aimée et elle l'avait aimé en retour. Il avait été son point faible, puis il était mort. Trop tôt, trop jeune.

— Cela a dû être terrible pour vous de le perdre, murmura Lyon.

— Les gens meurent, répliqua la comtesse.

Mais il perçut du chagrin dans sa voix.

— Oui. C'était la phrase de grand-mère, n'est-ce pas ?

Sa mère releva le menton et le transperça du regard.

— Elle avait raison. Nous devons tous faire face à la mort. Cela ne sert à rien de se lamenter.

— Je ne pense pas que les émotions aient toujours besoin d'avoir un but, mère. Elles sont là, tout simplement.

L'anxiété. Le chagrin. L'amour.

Quelle fausse équivalence elles lui avaient transmise en lui faisant croire qu'aimer sa femme le conduirait à la destruction de son pays. Et dire qu'il avait pensé que son désir le conduirait à renoncer à ses responsabilités.

Quelle aberration...

— Vous est-il arrivé de vous demander, *madre*, si grand-mère n'avait pas fait peser un poids déraisonnable sur nos épaules ?

— Elle ne voulait que ce qu'il y avait de mieux pour Divio. Et tu devrais en faire de même. Laisser ta femme t'empoisonner l'esprit est indigne de toi.

Lyon regarda sa mère et dans ses yeux il vit passer un désespoir qui lui prouva que, même si elle ne l'admettait pas, ses propos l'avaient touchée.

— Je veux ce qu'il y a de mieux pour Divio, déclara-t-il. Et je me battrai pour cela. Mais cela ne signifie pas que je ne peux pas prendre soin de ma propre femme.

— Elle t'a empoisonné.

— Ou alors elle m'a libéré.

Il n'en était pas complètement certain, mais cela lui faisait du bien de la dire. Et cela ressemblait beaucoup à la vérité.

— Maintenant, j'apprécierais que vous déjeuniez avec Beau. Je vais aller lui parler, et ensuite vous aurez toutes les deux une conversation courtoise et polie, en public.

La comtesse eut un ricanement méprisant.

— Elle ne sera jamais d'accord. Ou bien elle sera impolie. Tu ne feras rien comprendre à cette fille. Elle est... dérangée.

— Absolument pas. Beau est incroyablement raisonnable. Mais elle est avant tout... elle-même. Néanmoins, elle déjeunera avec vous. Et elle aura un comportement irréprochable, parce que je le lui aurai demandé. Voyez-vous, mère, j'ai peut-être un faible pour ma femme, mais il se trouve qu'elle en a un pour moi, elle aussi. Grand-mère nous traitait comme des petits soldats. Les points faibles étaient bannis. Jusqu'à aujourd'hui, je pensais qu'il ne pouvait en être autrement.

— C'est ce qui t'a amené à devenir prince héritier, tu ne crois pas ?

— Non. C'est le hasard. Peut-être que les autres familles avaient aussi des prédispositions génétiques qui les poussaient à céder aux excès. Ou alors, grand-mère m'a éduqué d'une manière différente qui me permet en effet de diriger Divio différemment de mes prédécesseurs. Mais ce n'est pas cela qui m'a amené jusqu'ici.

— Elle t'aimait.

Lyon y réfléchit. Puis il pensa à Beau. À la façon qu'elle avait de l'écouter et d'essayer de le comprendre. Le réconfort qu'elle lui offrait. Ses excuses sincères. Tout cela lui semblait plus proche de l'amour que les exigences froides, les règles strictes et les punitions sévères de sa grand-mère.

— Non. Je ne suis pas sûr qu'elle nous ait aimés, vous et moi. Elle aimait ce que nous pourrions accomplir pour surpasser ses frères. L'amour consiste à s'entraider, à s'excuser quand on a tort. L'amour, c'est accepter les points faibles, mère.

— Tu dois diriger un pays, Lyon.

— Oui. Et je pense avoir mené un excellent travail durant l'année qui s'est écoulée. Un travail que j'ai commencé seul. Mais maintenant j'ai une épouse et, si je veux fonder une famille, il va être nécessaire de procéder à certains ajustements.

Il n'élèverait pas ses enfants en leur faisant porter le poids du pays sur leurs épaules.

Bien sûr, il leur apprendrait le respect vis-à-vis de leur rôle et du travail bien accompli. Mais il ne ferait pas peser sur eux le fardeau des siècles passés. Ni sur eux ni sur sa femme.

Et même pas sur lui-même. Plus maintenant.

14

Lyon retourna vers leur suite. La porte de leur chambre était toujours close et, quand il essaya de l'ouvrir, il constata qu'elle était verrouillée. Il frappa un coup.

— Beau ? appela-t-il. Ouvre-moi. Nous avons besoin de parler.

Il allait tout lui avouer. L'amour, les points faibles et ce qu'il espérait pour leur futur. Il lui expliquerait ce qu'elle lui avait fait comprendre. Et ensemble ils bâtiraient un avenir dans lequel il ne se laisserait pas gouverner par la peur de l'échec. Et où il pourrait la rendre aussi heureuse qu'elle l'avait rendu heureux.

Mais elle ne répondit pas. Il secoua la poignée une fois de plus.

— Beau ? fit-il en collant une oreille contre la porte.

Ce n'était pas comme si elle avait pu disparaître. Elle était forcément là. Peut-être était-elle allée dans la salle de bains, et alors elle ne l'entendait pas. Il avait bien un double des clés quelque part, mais il préférait éviter d'avoir à appeler M. Filini pour le lui demander. Celui-ci spéculerait forcément sur les raisons qui avaient poussé la princesse à s'enfermer à clé dans leur chambre.

Après tout, peu importait.

Mais alors il entendit. Pas sa réponse, mais des sons faibles, semblables à des... halètements. Comme si elle avait du mal à respirer. Avait-elle fait un malaise ? Pris de terreur, il se mit à secouer la porte de toutes ses forces.

— Beau ! cria-t-il. Réponds-moi.

Voyant qu'elle ne disait toujours rien, il se recula pour se préparer à se jeter contre la porte, mais alors il vit la poignée tourner lentement. Puis la porte grinça légèrement.

Lyon se précipita dans la pièce, le cœur battant et fou d'inquiétude. Les rideaux étaient tirés et il faisait sombre. Il regarda autour de lui, paniqué. Il ne la vit pas au début, mais il l'entendit. Un bruit terrible... haletant. Et venant du...

Beau était par terre. Des larmes coulaient de ses yeux et chacune de ses respirations semblait laborieuse et difficile. Tout son corps était agité de tremblements.

L'espace d'une seconde, Lyon fut paralysé de terreur.

— Je vais chercher un médecin, balbutia-t-il.

Elle secoua violemment la tête et ouvrit la bouche, mais aucun son n'en sortit. Alors il s'avança et se baissa pour la prendre dans ses bras.

— Je t'emmène voir un médecin, dit-il d'un ton ferme.

— Ce n'est pas une maladie, parvint-elle à murmurer d'une voix faible.

— Alors qu'est-ce ?

Mais le fait qu'elle ait pu parler le rassura suffisamment pour qu'il retrouve un semblant de raison. Si ce n'était pas médical, cela signifiait que c'était autre chose. Et la seule chose qu'il connaissait capable de provoquer ce genre de symptômes était l'anxiété.

— Tu as eu une crise de panique, reprit Lyon, surpris.

Car il lui était difficile de croire que Beau puisse paniquer pour quoi que ce soit.

Elle ne répondit pas, alors il s'installa sur le lit en la gardant sur ses genoux et il la berça doucement en lui murmurant des paroles rassurantes. Tout allait bien se passer. Elle irait bien.

Il lui fallut du temps. D'abord, elle commença à mieux respirer. Puis les larmes cessèrent de couler et elle le laissa lui essuyer doucement le visage. Enfin, les tremblements s'atténuèrent.

Lorsqu'il estima qu'elle était suffisamment calme pour parler, il lui passa une main dans les cheveux avant de la serrer contre lui.

— C'est à cause de ta dispute avec ma mère ? Je m'en suis occupé, *tesoruccia,* ajouta-t-il en déposant un baiser sur sa tempe.

Il eut le sentiment qu'un nœud se dénouait au plus profond de lui. C'était bien. Non pas qu'elle soit dans cet état, mais le fait qu'ils soient proches à nouveau. Ils allaient parler. Et ils ne se cacheraient plus de ce qu'ils étaient à partir de maintenant.

Beaugonia était tellement stressée qu'elle en avait fait une crise de panique. C'était à cause de lui. Il avait mis trop de responsabilités sur ses épaules. C'était fini à présent.

— Nous devons parler, Beau. Cela n'a pas… fonctionné, n'est-ce pas ? C'est ma faute. Nous allons tout régler. Tu n'as plus à t'inquiéter, *amore mio.* Tout ira bien.

Mais elle secoua la tête.

— Cela n'ira jamais bien.

— Beaugonia…

— Ces crises ne sont jamais dues qu'à une seule chose, dit-elle, et il comprit qu'elle était épuisée. Celle-ci résulte de ma dispute avec ta mère, mais ce n'est pas la raison pour laquelle j'ai des attaques de panique.

Il se tendit à nouveau. *Des* attaques… comme si c'était un événement courant pour elle. Qui n'aurait pas de lien avec lui, ni avec ce qu'il avait fait. Ni avec le fait qu'elle subissait une pression trop importante.

Il baissa les yeux vers elle, essayant de comprendre. Elle avait évoqué son anxiété sociale dans son enfance. Il comprenait maintenant que c'était bien plus global. De son côté, il devinait qu'il aurait pu souffrir du même genre de crises s'il ne l'avait pas contrôlé. Il avait supposé que Beau aussi avait reçu de l'aide. Elle s'était si bien comportée lors d'événements stressants. Mais maintenant il était confus.

— Est-ce que tu prends quelque chose ? demanda-t-il.

— Que veux-tu dire ? fit-elle comme si elle ne comprenait pas sa question.

— Un traitement pour gérer ton anxiété.

— Je… Non. Mon père refusait obstinément que l'on me soigne. J'ai mené des recherches de mon côté, mais j'avais peur de ce qui pourrait arriver s'il me surprenait avec des médicaments ou en train d'échanger avec un thérapeute en ligne. Pour lui, mon trouble entachait notre famille.

— Ton père…

Et puis, quelques faits commencèrent à se mettre en place dans l'esprit de Lyon. Ce n'était pas nouveau. Elle avait fait des recherches à ce sujet. Et son ton résigné lorsqu'elle évoquait ce problème comme une fatalité…

— À quelle fréquence surviennent tes crises ? demanda-t-il, cherchant à éviter que ne se produise une terrible déchirure en lui.

Beau se raidit et commença à s'écarter. Il aurait voulu la retenir, mais ses membres étaient comme… engourdis.

— Je me sens beaucoup mieux, fit-elle. Ça ne te dérange pas si je prends un bain, suivi d'une courte sieste ? Je suis assez fatiguée.

Mais elle resta à côté de lui, assise sur le lit. Elle évitait de répondre à sa question, qui était pourtant simple. Qui aurait dû être simple. À moins qu'elle ne lui ait *menti.*

— Beau ?

Elle soupira lourdement.

— Oui. J'ai parfois des crises de panique. Elles sont sporadiques et incontrôlables. Il n'y a pas toujours de cause. Tu ne devrais pas t'en préoccuper.

Soudain, il n'arriva plus à penser à rien d'autre qu'à cette vérité sombre et implacable. Elle lui avait menti. En face. Pendant toutes ces semaines.

— Que crois-tu que je vais faire ?

— Je peux les cacher, reprit-elle d'un ton ferme. Je l'ai fait. Hormis ma famille, tu es le seul à le savoir. Personne d'autre n'a besoin d'être au courant.

Elle s'interrompit et resta immobile, sans le regarder.

— C'est pour cela que ton père ne t'a pas fait héritière, n'est-ce pas ?

Elle resta silencieuse un long moment avant de prendre une grande inspiration.

— Oui, souffla-t-elle.

C'était le secret que sa mère avait pensé qu'elle cachait. Beau lui avait *menti*. Elle ne lui faisait pas confiance, même maintenant, avec cette information. Il était prêt à... *tout* changer pour elle, à admettre ses points faibles et à l'aimer, alors qu'elle pensait si peu de bien de lui. Il devait y avoir quelque chose qu'il ne comprenait pas. Il avait besoin d'en savoir davantage.

— Combien en as-tu eu depuis ton arrivée ici ?

Elle lui lança un regard triste.

— Est-ce important de le savoir ?

Quoi ? Qu'elle les lui ait cachées ? Qu'elle lui ait menti à ce point ? Il avait besoin de savoir pour combler cette douleur béante qu'il ressentait.

— Combien ?

— Trois, murmura-t-elle en baissant les yeux vers ses genoux.

Trois. Ils n'étaient mariés que depuis trois semaines et elle lui avait déjà caché trois crises de panique. Enfin deux. Mais elle aurait continué à lui mentir s'il n'avait pas...

— Quand ont-elles eu lieu ?

Elle releva le menton vers lui et dans ses yeux il vit briller un soupçon de vie, mais il était enveloppé d'une telle tristesse qu'il eut l'impression de recevoir un coup de poignard.

— Si tu tiens vraiment à le savoir, la première a eu lieu une nuit au chalet. La deuxième, la semaine dernière dans la bibliothèque. Et la troisième, tout à l'heure, après la dispute avec ta mère.

Le chalet.

— Mais comment ? Nous étions si proches au chalet...

— Je t'ai dit que je savais comment me cacher. C'était au milieu de la nuit. Je suis sortie du lit sans te réveiller.

Puis elle était revenue. Elle lui avait menti en prétendant qu'elle avait froid. Et puis...

Il se leva, plus oppressé que jamais.

— Donc tu as eu ces attaques une fois par semaine, et tu me les as cachées ?

— Oui, répondit-elle d'un ton calme comme si elle ne regrettait rien.

— Pourquoi me les avoir cachées ?

— Tu plaisantes ? fit-elle en relevant la tête. T'avouer une faiblesse pareille ? Alors que tu es obsédé à l'idée que je sois digne et respectable ? Comment aurais-je pu te l'avouer un jour ?

Obsédé. Elle avait prononcé ce mot d'un ton accusateur. Et il pouvait difficilement s'en défendre. Car c'était vrai. À une différence près : il ne considérait pas ses crises de panique comme une faiblesse. Comment avait-elle pu croire que… ? Mon Dieu…

— Est-ce que tu veux bien me laisser tranquille, maintenant ? J'aimerais pouvoir me reposer. Seule.

Seule. Bien sûr, tout cela était si… pénible pour elle. Mais il voulait être sûr que rien ne pèse sur ses épaules, afin qu'elle puisse réellement se reposer.

— Tu n'es pas obligée d'assister au dîner parlementaire de demain si tu n'en as pas envie, annonça-t-il.

Il trouverait une excuse pour s'assurer qu'elle n'ait pas à supporter cette épreuve, si elle ne s'en sentait pas la force.

Elle leva alors le visage vers lui et, dans ses yeux noisette, il vit passer une souffrance si grande qu'il en fut bouleversé. Mais elle resta silencieuse. Alors il fit ce qu'elle lui demandait.

Et il sortit de la pièce.

La laissant seule.

Beau ne se reposa pas. Elle sentait les décombres de sa vie peser douloureusement sur son cœur.

Lyon ne la regarderait plus jamais de la même façon. Il la cacherait.

Tu n'es pas obligée d'assister au dîner parlementaire de demain si tu n'en as pas envie.

Il avait été on ne peut plus clair. Elle était une nuisance. Elle avait tout gâché. Ses parents avaient raison. Elle était faible.

Et Lyon avait besoin de force, de stabilité et de respectabilité. Tout ce qu'elle ne pourrait jamais lui apporter.

Que crois-tu que je vais faire ?

Il semblait si horrifié. Si vexé.

M'enfermer. Me haïr.

Elle ne le supporterait pas. Pas encore. Elle l'aimait et cela lui briserait le cœur en mille morceaux, mais elle ne se laisserait pas enfermer à nouveau.

Elle pouvait se laisser détruire ou bien refuser de l'être, peu importe à quel point elle en souffrirait. Elle n'était plus elle-même depuis des semaines maintenant, alors c'était peut-être l'opportunité de se retrouver. De redevenir la personne qu'elle était avant d'être assez stupide pour tomber amoureuse d'un homme qui recherchait la perfection.

Car, alors, elle était forte et déterminée. Certes, elle était triste et seule, surtout depuis le départ de Zia, mais au moins elle n'était pas détruite. Rien n'était pire que ce sentiment. Il l'étoufferait jusqu'à ce qu'il ne reste plus rien d'elle. Il fallait qu'elle… s'échappe.

Alors, elle attrapa son téléphone et composa le numéro de sa sœur.

— Zia, je sais que tu es occupée et que les jumeaux passent en premier, mais…

— Qu'y a-t-il, Beau ?

— J'ai besoin d'aide. Il faut que je… m'enfuie.

Elle ne voyait pas d'autre solution. Jamais elle ne se résoudrait à ce qu'on l'enferme ou qu'on la cache.

Lyon serait sûrement fâché, mais il trouverait bien un mensonge pour expliquer son absence. Zia s'était sauvée et tout s'était arrangé, donc ce serait aussi le cas pour elle. Elle serait malheureuse, mais elle serait libre.

— Est-ce qu'il t'a fait du mal ? Oh ! je vais le tuer. Non, je vais envoyer Christhian pour qu'il le tue. Ce sera bien plus efficace.

Beau aurait aimé que la réaction vive de sa sœur lui réchauffe le cœur, mais elle ne ressentait pas la moindre rage en elle. Elle n'éprouvait aucune colère à l'égard de Lyon. Elle était juste... dévastée.

— Non, non, ce n'est pas ça, murmura-t-elle.

— Alors qu'est-ce que c'est ?

— Lyon a découvert mes crises de panique...

Il y eut un silence à l'autre bout de la ligne, puis Zia reprit la parole.

— Tu pensais pouvoir les cacher éternellement ? demanda-t-elle doucement.

En vérité, c'était exactement ce que Beau avait espéré. Et tout cet espoir était parti en fumée.

— Je suppose que non. Mais maintenant il sait que je suis défectueuse et il va chercher à me cacher.

— Il a employé ce mot à ton sujet ? s'enflamma Zia. Finalement, c'est *moi* qui vais le tuer à mains nues.

Beau y repensa. Non, Lyon n'avait rien dit de tel, mais elle avait vu l'expression de son visage et cela lui avait rappelé son père. Peut-être était-il trop gentil pour dire une chose pareille, mais à ses yeux elle était brisée.

— Non, fit-elle. Mais je ne supporterai plus qu'on me cache à nouveau.

Zia se tut quelques secondes.

— Très bien, annonça-t-elle. Nous allons te faire sortir de là. Tout ce que tu as à faire, c'est quitter le palais et trouver un lieu où te cacher. Christhian te trouvera. C'est son métier.

— Mais les bébés...

— Je ne suis pas seule, Beau. J'ai de l'aide. Christhian te retrouvera et il te ramènera chez nous avant ce soir. Tu seras en sécurité, je te le promets. Sors juste du palais.

Beau raccrocha. Puis elle prit une grande inspiration et elle planifia son évasion.

15

Lyon demanda à un domestique d'aller informer sa mère qu'il n'y aurait pas de déjeuner. Puis il assista tout l'après-midi à des réunions programmées en ruminant des pensées sombres. Comment allait-il régler cette situation ? Il avait néanmoins approuvé les changements de dernière minute et traité des dossiers importants sans se laisser perturber. Sa mère et sa grand-mère s'étaient trompées à son sujet. Il pouvait faire les deux : aimer, souffrir et s'occuper de son pays.

C'était étrange de comprendre qu'il pouvait être à la fois distrait et capable de gérer – ou de déléguer – ce qui devait être accompli. Et d'envisager enfin qu'il pourrait y avoir une vie où il équilibrerait les deux. Répondre aux attentes des citoyens tout en étant là pour sa famille. Sans craindre que chaque décision privée ne ruine son image publique.

Beau était sa famille, sa femme. Il détestait l'idée qu'elle souffre. Cela le déchirait et lui donnait envie d'aller la voir et de lui demander pardon. Il la protégerait et la défendrait contre quiconque oserait dire un mot négatif à son encontre.

Elle lui avait menti. Elle lui avait caché ce secret depuis le début. Et elle avait eu tort de le faire. Qu'il soit fautif ou non dans le fait qu'elle ne lui ait pas fait confiance, ils devaient trouver un moyen de surmonter cette épreuve ensemble.

L'équilibre ne consistait pas à faire en sorte que tout le monde soit parfaitement heureux ou que tous reçoivent son entière attention.

Non, il s'agissait de déterminer qui avait le plus besoin de lui sur le moment et d'y répondre.

En cet instant, tout était prêt pour le dîner du lendemain et Lyon avait répondu à chaque point urgent de son agenda. Ce dont il avait besoin maintenant en priorité, c'était d'aller retrouver Beau. Et de lui présenter des excuses.

Il allait faire en sorte que tout s'arrange.

Il quitta son bureau et partit donc à la recherche de Beau, mais il ne la trouva nulle part, ni dans leur suite ni dans la bibliothèque. Il se résolut à appeler son assistante.

— Je suis désolée, Votre Altesse, mais il semble que personne n'ait vu la princesse depuis ce matin, bredouilla la jeune femme, confuse.

— Ce matin ?

Il eut l'impression que tout son être se vidait de sa substance. Beau s'était enfuie.

Lyon devina immédiatement où elle était allée. Elle parlait à sa sœur tous les jours au téléphone. Seuls Zia et les jumeaux semblaient lui apporter un peu de joie et de vie.

— Trouvez la résidence de Zia Rendall… ou quel que soit son nom maintenant, et préparez un avion. Dès que vous l'aurez localisée, je partirai à sa recherche.

M. Filini choisit ce moment pour arriver, malheureusement accompagné de la comtesse.

— Monsieur Filini…

— J'ai entendu, Votre Altesse. Nous nous en occupons immédiatement, déclara l'homme avant de s'éclipser avec l'assistante.

— Lyon, intervint sa mère. Tu ne peux pas rater ce dîner.

Il la regarda et, l'espace d'un instant, il eut un pincement au cœur. Elle avait raison. En partant, il risquait de ne pas revenir à temps pour le lendemain soir. Il devait rester et assumer ses responsabilités. Que diraient les gens ? Mais au fond qu'est-ce que ce dîner avait à voir avec la gestion de son royaume ? Ce repas n'était pas au service des citoyens. Il était destiné à nourrir une bande de députés pompeux pour tenter de gagner leur estime. Dans l'espoir qu'ils ne le prendraient pas pour un de ses prédécesseurs.

Au diable ces considérations.

— Si je ne suis pas de retour à temps, je suis certain que vous vous en chargerez très bien à ma place, mère.

Il ne prit pas le temps d'écouter ses protestations.

Il allait chercher sa femme.

Christhian avait effectivement retrouvé Beau. Après tout, c'était son métier. Et en un rien de temps elle fut ramenée en jet à son domaine. Il ne lui avait demandé aucune explication, se contentant de la conduire là où elle devait aller. C'était un homme bon. Digne de Zia et de leurs jumeaux magnifiques, qu'elle allait enfin pouvoir rencontrer.

Lorsqu'elle arriva chez Zia et Christhian en fin d'après-midi, elle fut accueillie par sa sœur. Elle tenait l'un de ses bébés sur un bras et elle tendit l'autre pour l'enlacer.

Beau n'était pas du genre à pleurer. Elle gardait ces effusions pour ses crises de panique. Mais quand elle se serra fort contre sa jumelle les larmes lui montèrent aux yeux.

Elle battit des paupières avant de reculer pour contempler le petit paquet enveloppé dans les bras de Zia.

— Voici Harrison, annonça celle-ci d'une voix rauque, et aussitôt un cri plaintif s'éleva du fin fond de la demeure. Et là c'est ton homonyme qui exprime son mécontentement comme elle sait si bien le faire. Viens.

Zia la guida jusqu'à un petit salon confortable joliment décoré et équipé de deux ravissants berceaux. En se penchant au-dessus de l'un d'eux, Beau aperçut un second petit paquet furieux au visage tout rouge.

— Et voici Beaugonia, notre petite Bee, murmura Zia d'une voix pleine d'amour et de joie. Prends-la dans tes bras.

Mais Beau était trop bouleversée.

— Je ne suis pas sûre de savoir comment…

— Laissez-moi faire, intervint Christhian gentiment.

Il prit sa fille dans ses bras et elle se calma aussitôt. La vision de cet homme si grand qui tenait une enfant minuscule lui donna à nouveau envie de pleurer. Christhian fit asseoir Beau à côté de lui sur un canapé et il lui plaça très délicatement la petite Bee dans les bras. Zia prit place à côté d'elle en berçant Harrison. Beau les contempla tour à tour, émerveillée.

— Y a-t-il quelque chose de plus beau dans l'univers ? murmura-t-elle.

— Quand ils hurlent à tue-tête à 2 heures du matin, je n'en suis plus très sûre, mais le reste du temps je suis d'accord avec toi, répondit Zia avant de marquer une courte pause. Alors, que s'est-il passé ?

Beau garda les yeux plongés dans ceux de Bee, ne trouvant pas les mots.

— Je ne sais pas… c'était si bien au début et puis…

— Bien ? répéta Zia. Tu… t'entendais bien avec Lyon ?

Beau hocha la tête.

— Je n'ai pas menti durant tous ces appels. Je… l'aime. J'ai été très heureuse pendant un moment… peut-être que si j'étais tombée enceinte, la situation aurait été différente.

Ce qui n'était pas tout à fait vrai. Elle aurait continué à faire semblant et à être malheureuse. Seulement, elle n'aurait plus été seule.

— Donc vous… enfin, tu aurais *pu* tomber enceinte ? insista Zia en s'éclaircissant la gorge.

Beau la regarda fixement.

— Nous avons couché ensemble, Zia. Nous sommes mariés.

Christhian émit une sorte de grognement avant de se lever.

— Je crois que je vais aller faire… quelque chose.

Zia lui lança un sourire empli d'amour.

— J'aurais aimé être enceinte, reprit Beau quand il fut sorti de la pièce.

— Oh ! Beau… ! s'exclama Zia en l'enlaçant.

Beau secoua la tête en clignant des yeux.

— C'est mieux comme ça.

— Raconte-moi tout depuis le début, suggéra sa jumelle.

Et c'est ce qu'elle fit, depuis les *étapes* de Lyon au chalet jusqu'à sa crise de panique, juste avant le dîner parlementaire pour lequel elle s'était tant préparée. Elle termina en lui précisant que Lyon lui avait proposé de ne pas y assister, si elle n'y tenait pas.

— Il me fait penser à père, nota Zia avec dédain.

— Mais il n'est pas du tout, du tout comme lui ! s'exclama Beau.

C'était peut-être pour cela que ça lui faisait aussi mal. Elle ne voulait pas punir Lyon, ni le faire souffrir.

— J'ai eu l'impression de devenir comme notre mère, reprit-elle.

— Impossible ! s'écria Zia.

— Je me suis rendue malheureuse pour le rendre heureux...

— Ce n'est pas tout à fait pareil, Beau, fit remarquer Zia. Mère n'est pas forcément malheureuse, mais surtout elle ne s'efforce pas de rendre père heureux. Je pense qu'elle a surtout peur de lui. C'est pourquoi elle ne nous a jamais défendues. Elle veut seulement que tout se passe bien. Ce n'est pas de l'amour. L'amour implique un échange, un compromis. Ça ne peut pas être entièrement mauvais de vouloir rendre quelqu'un heureux, Beau. Il y a de l'amour là-dedans.

— Alors tu penses que je devrais retourner là-bas et continuer à être malheureuse, à me cacher et...

— Certainement pas ! fit Zia en posant une main sur l'épaule de sa sœur. Je t'ai dit que c'est un échange. Tu donnes et tu reçois. Si Lyon estime que tu n'es pas digne d'assister à un dîner pour une petite crise de panique, il peut aller se faire voir pour toujours.

Beau ne se sentait toujours pas mieux, alors elle décida de se concentrer sur sa sœur et ses neveu et nièce. Elle passa un doux après-midi en leur compagnie et une soirée chaleureuse avec Zia et Christhian. L'amour qu'ils partageaient entre eux et avec leurs enfants était évident.

Elle ne pourrait pas retourner à une vie qui n'était pas comme celle-là, mais qu'allait-elle faire ? Lyon ne lui accorderait jamais le divorce. Peut-être devrait-elle se cacher sur une petite île polaire comme Zia l'avait fait avant que Christhian ne la retrouve...

Au milieu de la nuit, elle aida sa sœur à nourrir les jumeaux. Elles étaient assises côte à côte, chacune avec un bébé dans les bras, quand Christhian entra dans la nurserie, les cheveux ébouriffés et l'air endormi. Zia leva les yeux vers lui.

— Beau m'a aidée, mon chéri, tu n'avais pas besoin de te réveiller.

Christhian lança un regard étrange à Beau avant de se tourner vers sa femme.

— Zia, puis-je te parler une seconde ? fit-il en hochant la tête en direction du couloir.

Mais soudain un cri se fit entendre au loin dans la maison et les deux sœurs se levèrent ensemble, alarmées.

— Quelque chose ne va pas ? demanda Zia.

Christhian s'éclaircit la gorge.

— Eh bien, il semble que le prince soit arrivé.

— Quel prince ? demanda Beau.

Mais le cri retentit à nouveau et elle écarquilla les yeux, car elle venait de reconnaître la voix de Lyon.

Que faisait-il ici ?

Zia tendit la main et saisit le bras de sa sœur.

— Tu n'es pas obligée de le voir si tu n'en as pas envie. Christhian le renverra.

— Nous avons essayé, intervint Christhian, mais il se montre très... insistant. J'aimerais éviter un... incident diplomatique, dit-il.

— C'est ce qu'on va voir ! s'exclama Zia comme si elle se préparait à entrer sur un ring de boxe.

Mais alors Lyon fit irruption dans la pièce.

Ses cheveux étaient en bataille, sa cravate desserrée et sa chemise déboutonnée au col. L'espace d'un instant, Beau ne put que le fixer, fascinée. Jamais elle ne l'avait vu dans un état aussi négligé, en public de surcroît, mais il était si beau que son cœur s'emballa dans sa poitrine.

Quelle chose stupide était l'amour...

Elle serra Harrison contre elle et s'arma de courage pour ce qu'elle s'apprêtait à dire. Car elle ne reviendrait pas en arrière et ne s'inclinerait pas. Peu importe ce qu'elle avait fait et ce qu'elle avait promis.

Elle serait libre.

16

Lyon manquait de sommeil et il était furieux. Il avait pensé qu'il se calmerait en arrivant au domaine de Christhian Sterling mais, à chaque seconde qui passait, il se rappelait que Beau s'était enfuie sans lui parler et sa fureur montait d'un cran.

Lorsque les domestiques et Christhian lui-même avaient voulu s'interposer, cela avait été la goutte d'eau qui avait fait déborder le vase.

Je verrai mon épouse.

Il se serait battu avec quiconque aurait tenté de l'arrêter. Mais, quand Christhian l'avait laissé en lui demandant de patienter dans l'entrée, il lui avait suffi de passer devant le majordome endormi pour le suivre. Puis il avait entendu des voix dans un couloir et il s'était précipité dans la pièce. Mais alors il avait vu Beau.

Elle était vêtue d'un pyjama en molleton et ses cheveux étaient tirés en arrière, mais ce ne fut pas la vision parfaite de cette femme qui le stoppa net dans son élan.

Beau tenait dans ses bras l'être le plus minuscule qu'il ait vu de sa vie et cela le prit tant au dépourvu que, l'espace d'un instant, Lyon ne put que fixer le bébé, fasciné.

— Tu ne peux pas débarquer comme ça en plein milieu de la nuit ! finit par s'exclamer Beau d'un air royal et hautain avant de confier le bébé à Christhian et de se tourner vers lui en relevant le menton d'un air de défi.

— Et pourtant je suis là, répondit-il, plein de désir et de colère mêlés, avant de pointer un doigt vers elle. Et tu vas m'écouter !

— Faites attention où vous pointez ce doigt, intervint Zia en s'interposant entre eux.

Il regarda la sœur qu'il avait failli épouser en ayant le sentiment que cela avait eu lieu dans une autre vie. Comme s'il avait été une personne différente alors. Et maintenant Zia se tenait là, auprès de ses enfants et de son mari qui le fixait d'un air méfiant.

— Mon ancienne fiancée, fit-il en s'inclinant de façon ironique. Quelle joie de vous revoir, maintenant que nous sommes apparentés.

— Plus pour longtemps.

Plutôt mourir, songea Lyon.

Mais en cet instant il ne se souciait pas de Zia. C'était sa femme qui comptait, et qui le fixait, les yeux emplis de souffrance et de colère.

— Peut-être devrions-nous leur laisser un peu d'intimité, suggéra Christhian en s'approchant de Zia.

Mais celle-ci fixait Lyon avec des poignards dans les yeux.

— Jamais de la vie.

— Je me moque de savoir qui reste ou part, déclara Lyon en se décalant pour faire face à Beau. Tu n'aurais pas dû t'enfuir, Beaugonia.

Ce n'était sans doute pas la meilleure façon de commencer cette conversation, mais c'était tout ce à quoi il pouvait penser. Il aimait cette femme et elle était partie.

— Tu devrais rentrer tout de suite à Divio, répliqua-t-elle. Si tu n'y prends pas garde, tu risques de rater ton dîner.

— Au diable ce fichu dîner ! explosa-t-il.

Cela faisait un temps fou qu'il n'avait pas *crié* et c'était si bon de ressentir des émotions réelles.

Beau cligna des yeux, l'air totalement déconcerté, et un feu dangereux s'alluma en lui. Le genre de feu qu'il ne devait pas laisser se propager. Mais après tout qu'importe, il n'y avait que sa sœur et son beau-frère ici. Et deux tout petits bébés.

— Je ne sais pas pourquoi tu es si fâché, Lyon, mais je ne vais pas rentrer. Nous… nous ne sommes pas faits l'un pour l'autre. Je suis sûre que nous pouvons mettre au point une sorte d'accord secret qui ne te nuira pas. Mais je ne peux...

— Je suis en colère parce que tu m'as menti, coupa-t-il, incapable de la laisser poursuivre. Et que tu m'as caché quelque chose d'aussi important. J'ai voulu me montrer gentil en te permettant de ne pas assister à ce dîner pour que tu te reposes et tu t'es enfuie.

— Gentil ? cria-t-elle à son tour. Si tu ne veux pas que j'y assiste, c'est parce que tu as honte de moi !

— Honte de toi ? hurla-t-il, sans remarquer que les deux autres personnes sortaient à tâtons de la pièce, tenant chacune un bébé dans les bras. Comment as-tu pu croire ça ? Je t'aime, Beau. Je ferais n'importe quoi pour toi. Et au lieu de m'accorder la décence d'une discussion tu t'es sauvée.

— Je ne serai pas enfermée, cachée. C'est fini tout cela. Tu ne me ramèneras pas à...

Puis elle s'interrompit net avant de reprendre d'une voix aiguë :

— Qu'as-tu dit ?

Elle était si belle, si choquée par ce qui lui semblait l'évidence. Ce point faible. Il s'approcha d'elle et prit ses mains dans les siennes avant de la regarder dans les yeux.

— Je t'aime, Beaugonia. Toute ma vie, j'ai été instrumentalisé. Personne ne s'est soucié de savoir ce que je voulais ou ce que j'aimais. Jusqu'à ce que tu arrives. Avec ta franchise et ton honnêteté. Et puis tu m'as menti avec...

— Cet échec, cette faiblesse ? lança-t-elle, des flammes de colère dans les yeux.

Il la fixa quelques secondes. C'étaient sans doute les mots que son père utilisait avant de l'enfermer. Mon Dieu, ils avaient beaucoup de sujets à discuter. Mais maintenant ils étaient réunis, et ils allaient le faire.

Beau était certaine de trembler, mais Lyon tenait ses mains dans les siennes et le regard qu'il lui lança était très calme.

— Je n'ai jamais utilisé ces mots, Beau. Je ne me soucie pas de tes crises de panique. Je prends moi-même des anxiolytiques depuis que j'ai quinze ans. C'est le fait que tu te sois cachée de moi qui m'a mis en colère. Seulement ça.

Elle écarquilla les yeux, stupéfaite.

— Tu prends quoi ??

— Je n'avais pas tout à fait des crises de panique, mais mon anxiété était trop importante et elle interférait avec... mon éducation. Avec le recul, je pense que ma mère a eu peur de la réaction de ma grand-mère, alors elle m'a trouvé un thérapeute et j'ai pris un traitement. Cela m'a beaucoup aidé.

Il ne lui était même pas venu à l'esprit que Lyon puisse lui aussi souffrir d'angoisses...

— J'ai besoin de m'asseoir, fit-elle.

Il la guida jusqu'au canapé et ils s'installèrent côte à côte.

Elle leva les yeux vers lui. Elle avait toujours eu le sentiment étrange que Lyon et elle étaient semblables.

— Tu m'aimes vraiment ? demanda-t-elle à voix basse. Même avec...

— Je suis là, *tesoruccia*. Et je veux que nous construisions une vie qui ne soit pas seulement fondée sur notre image. Notre peuple doit savoir que nous sommes des êtres humains. Des gens qui vivent d'amour, de points faibles... et d'angoisses.

C'était presque trop beau pour être vrai. Beau comprenait tant de lui, de ce qui l'avait façonné et pourquoi il ressentait cela. Ils avaient tous leur propre lot de souffrance et de bagages qui obscurcissaient parfois leur jugement. Quand cela lui était arrivé, il lui avait parlé de son héritage et de ce qu'il estimait devoir à son peuple pour payer une dette qu'il pensait avoir. Il avait eu tort, mais au moins il ne s'était pas enfui. Et il s'était montré honnête. Contrairement à elle.

— Je te demande pardon.

— Vraiment ? murmura-t-il.

— Oui. Je me suis rendue malheureuse en essayant de te rendre heureux parce que je t'aime. Mais je ne pouvais pas continuer à être ce robot et...

— Nous allons tracer un nouveau chemin, dit-il en lui serrant les mains. Il y aura des défis à relever et nous aurons nos propres bagages à porter, en plus de celui de notre pays, mais nous y arriverons. Ensemble.

Elle esquissa un sourire tandis qu'un espoir mêlé à une joie infinie emplissait son cœur.

— Ta mère me déteste.

— Elle apprendra à t'aimer, mais cela prendra du temps. Et, avec ou sans l'assentiment du Parlement, nous nous ferons respecter et aimer du peuple de Divio. Si tu partages ta vie avec moi, je pense que nous pouvons tout accomplir, Beau.

Tout.

— Quand j'étais petite fille, le seul rêve que je m'autorisais était d'avoir un jour un endroit caché de mon père, où il n'y aurait que Zia et moi, et beaucoup d'animaux de compagnie. Jamais je n'ai pensé que quelqu'un me verrait un jour telle que je suis...

— *Tesoruccia...*, murmura-t-il en lui caressant la joue.

— Je te promets d'apprendre à rester au lieu de fuir. À tendre la main, au lieu de me cacher.

— Rentre avec moi à la maison. Sois ma femme, ma princesse.

Elle enroula les bras autour du cou de Lyon tandis que des larmes de bonheur ruisselaient sur ses joues et il lui murmura des mots d'amour au creux de l'oreille.

— Promets-moi seulement que tu ne t'enfuiras plus jamais, dit-il, le visage enfoui dans ses cheveux.

— Je te le promets, mais tu dois me le promettre aussi.

Lyon s'écarta en fronçant les sourcils.

— Je ne me suis jamais enfui.

— Tu t'es caché de moi. C'est presque la même chose.

— Tu as raison, *amore mio.* Alors, je te le promets, de tout mon être, Beau. Je t'aime.

Et dans ses yeux elle vit briller une flamme de sincérité qui manqua de faire éclater son cœur tant son bonheur était grand.

Lyon Traverso ne faisait pas de promesses qu'il ne tenait pas.

Et cette promesse-ci durerait toute leur vie.

Épilogue

Neuf enfants se roulaient dans la neige devant le chalet perché dans les montagnes de Divio.

Leurs cris de joie et leurs rires résonnaient jusque dans la cuisine où Zia et Beau préparaient ensemble le ragoût qui allait nourrir leurs familles ce soir.

C'était dans des moments comme celui-là, entourée de tous ceux qu'elle aimait, que Beau se sentait le plus emplie de joie, d'amour et de soulagement pour la vie qu'elle menait.

Christhian et Lyon étaient dehors. Ils tiraient les plus petits sur des luges, aidaient les plus grands à construire des bonshommes de neige et interrompaient les bagarres avant qu'elles ne commencent.

Cinq des enfants dehors étaient de Zia, qui en attendait un sixième pour les mois à venir.

Beau pensa à sa propre grossesse en cours. C'était encore récent et seul Lyon le savait, mais ils étaient allés consulter juste avant de partir en vacances au chalet et tout se passait bien. Elle était sur le point de l'annoncer à sa sœur, mais l'espace d'un instant elle regarda son mari et ses enfants à travers la fenêtre, ainsi que son beau-frère et ses neveux et nièces. Et des larmes de gratitude coulèrent doucement sur ses joues.

Après leur retour à Divio, tout ne s'était pas déroulé sans heurt. Atteindre l'équilibre qu'ils espéraient avait été un processus lent et laborieux, mais à présent le pays était stable et prospère. Ils avaient mis aussi un peu de temps à concevoir leur premier enfant, mais quand Lucia était née, si parfaite avec ses yeux noisette et la bouche sérieuse de Lyon, tous leurs tracas avaient été balayés. Et ce premier petit-enfant avait sûrement contribué à apaiser les relations que Beau entretenait avec la comtesse.

Avec l'arrivée d'autres enfants, il y avait eu plus de difficultés, mais aussi davantage d'amour, de joie et d'espoir.

Lyon tentait d'ouvrir son pays à la modernité, afin de permettre aux femmes de pouvoir devenir héritières. Avec Beau, il avait également développé des projets pour améliorer la santé mentale. La plupart des citoyens de Divio étaient pour ces changements et le Parlement avait fini par s'incliner.

Ils restaient donc les princes héritiers du pays et ils étaient aimés du peuple, surtout à mesure que leur famille s'agrandissait.

Zia surprit son regard attendri et elle se tourna vers sa sœur.

— Tout a commencé avec toi, murmura-t-elle. Si tu ne m'avais pas aidée à organiser ces vacances clandestines avant que je n'épouse Lyon, je n'aurais jamais rencontré Christhian.

— Mais si tu n'avais pas fui je n'aurais jamais épousé Lyon.

— Techniquement, c'est l'œuvre de père, fit remarquer Zia.

— Et c'est lui qui a engagé Christhian pour te retrouver. Nous devrions donc le remercier.

Elles échangèrent un regard avant d'éclater de rire.

— Jamais, déclara fermement Zia, avant de lancer un coup d'œil furtif à sa jumelle. Dis-moi, tu ne serais pas enceinte, par hasard ?

Beau fronça les sourcils.

— Tu ne me laisses jamais le temps de te l'annoncer…

Zia cria de joie avant d'enlacer tendrement sa sœur.

— Quelle merveille ! Ils seront si proches l'un de l'autre !

Quoique l'âge ait peu d'importance entre les cousins Sterling et Traverso, qui étaient si soudés qu'on aurait dit des frères et sœurs.

Zia s'écarta et étudia attentivement sa sœur.

— Je te bats toujours en nombre d'enfants, nota-t-elle avec un sourire mutin.

Beau lui rendit son sourire.

— Je suis navrée de te contredire, mais tu te trompes. J'attends des jumeaux cette fois. Nous serons à égalité.

Zia éclata de rire avant de la serrer plus fort dans ses bras.

Les deux sœurs s'étaient d'abord aimées et protégées, et à présent elles pouvaient partager cela avec leurs maris et leurs enfants.

Et lorsqu'une meute d'enfants recouverts de neige fit irruption dans la cuisine, réclamant nourriture et câlins, suivie de deux hommes tout aussi enneigés, Beau sut que les romans d'amour dont elle avait toujours raffolé disaient vrai.

L'amour était tout.

Vous avez aimé ce roman ?
Retrouvez en numérique l'intégrale de votre série
« Princesses & rebelles » :
1. *Secrets d'une souveraine*
2. *Devoirs d'une princesse*